小花阅读【爱不嫌迟】系列01

春迟

文 / 打伞的蘑菇

【暮冬时烤雪 迟夏写长信】

上海故事会文化传媒有限公司
上海文化出版社

打伞的蘑菇 | 小 花 阅 读 签 约 作 者

喜欢一些莫名其妙的东西并且致力于带偏周围所有朋友的审美，擅长一本正经地胡说八道。

梦想有一天能考到蘑菇鉴定资格证，做世界的蘑菇 king。

伙伴昵称：伞哥，伞伞

已出版：《小幸运》《盗尽君心》《四海为他》《深爱如长风》《春风集·我愿人长久》

作者前言

春天春天悄悄过去，留下小秘密

《春迟》是在春天写完的一个故事。

春天是一个可甜可甜的季节了，所以这个故事也可甜可甜了呢！（是这样的，没问题，不信看我坚定的眼神。）

这个故事从冬天写到春天，所以书里的人也是从冬天开始的，在冬天相遇，春天开花，然后一路走完四季，最后暂停在下一个冬天。

后来怎么样了呢，我也不知道啊。

他们还没决定好，说这是个秘密。那么等穆医生、路路，又或者是十四决定好了下一步，我再悄悄告诉你啊。

不知道那个时候，停在了哪一季。

那就讲一讲最近很甜的事情吧。

啊，想了想，好像也没有很甜的事情。

最近一直沉迷于游戏，经常和狸子小姐两个人坐在房间的地板上打游戏，网络的另一边是远在广寒宫可是仍能跟我们搭桥的姜辜，隔壁是跃跃欲试想加入我们却被稿子绊住脚的晏生。

大家都可努力了呢，也都可好可好了呢！

对了，这个稿子跟着我一起去了一次凤凰，烟雨蒙蒙带着一点点寒气的小古镇，却意外地遇到了很多温暖的事情！

当然，没有艳遇！只有一只叫奥利奥的狗和一只叫火锅的猫，所以想发个征集攻略的启事问问那些艳遇是怎么发生的。

可能只是那特别的一小部分遇到过吧，而我们这群不愿透露真实身份的“小仙女”还是和大多数人一样，沿着虹桥走啊走啊，一转身就不知道走到了哪里，很迷。

也算甜。

还有什么甜甜的事呢？

啊，有了！

这个故事还陪我一起跨年了。新年的时候收到很多祝福，有人站在除夕的爆竹连绵里朝着风对我喊“新年快乐”，有人很认真很认真地说了喜欢伞哥，谢谢你们送给我的大大小小的祝福。

所以，小可爱们，日常比心，爱你萌。

那，故事讲到这里就暂停啦，剩下的只有——春天春天悄悄过去，留下小秘密。

咦，不是夏天吗？

打伞的蘑菇

小花阅读

【爱不嫌迟】系列

《春迟》
打伞的蘑菇 著

标签：医疗废品回收 | 两小无猜 | 三人游 | 女追男之路

内容介绍：医疗器械回收厂厂长的女儿路冬夏为了替父亲分忧，拉到一门生意，却在过程中喜欢上了想要合作医院院长的儿子。女主路冬夏在追求男主穆迟深的过程中遇到了很多莫名其妙的危险，不过两人也在这些危险之中感情逐渐升温。

但最终，女主终于发现这一切的危险和医疗器械的问题都与自己的父亲相关。

穆迟深揭露了冬夏爸爸的恶行，她爸爸在逃亡途中意外身亡。

路冬夏最终选择了离开，独自行走异乡……

《刺槐》
野桐 著

标签：关注走失儿童 | 长腿警察叔叔 | 养成系 | 爱不嫌迟

内容介绍：十五年前，一场救援行动，简桦初遇季城楠。他是为人民服务也为她服务的警员，而她心有困兽不让人靠近。

监护人与被监护人的关系，他用他心里仅存的善良关心照顾着这个女孩。

她忍受亲如家人的生离死别，他陪她一起面对。

她在学校生活里受尽欺凌，他把她推至前面让她学会反抗。

她萌生爱意，他却误以为是对另外一个人，把她推向别人。

她想要找回亲生父母，他虽不愿意却尽心帮忙。

季城楠，我这一辈子，从坏到好，从死到生，都是你给我的。只要想到你的名字，哪怕前面是高山，是深海，是荆棘万里，我也义不容辞奔向你。

《骄阳》
晚乔 著

标签：大学生裸贷 | 冥冥之中的相遇 | 女二是明星 | 小白兔的反扑

内容介绍：家境贫寒的女大学生楚漫偶然认识了冷面律师沈澈，因为楚漫奶奶生病急需手术费，楚漫在法律意识薄弱的情况下，擅自将身份证借给闺蜜，在闺蜜的帮助下，奶奶手术费的贷款很快到账。

虽然解了这次的燃眉之急，楚漫却发现自己掉入了一个更大的深渊！

不久后，网上四处都是楚漫拿着身份证的“特殊照片”。

楚漫受到了来自社会和学校等各方面的谩骂。

无奈之下，她想到了沈澈——拥有一面之缘的知名大律师。

他，会帮她吗？

《繁星》
溯汀 著

标签：婚纱设计师 | 前任和婚礼 | 假扮情侣 | 听说爱像云

内容介绍：作为报复，桐衫在时装秀声名鹊起后，做的第一件事是亲手为前情敌准备了婚礼的礼服。

在婚礼现场，她不出意料地遇到了终止钢琴巡演来“抢婚”的杨斐。

高中时，她为生计早早挑起了家庭重担，跑到琴房偷偷做起了裁缝，而他为了陪她，找了个借口在她的缝纫机旁为她演奏钢琴。

少年少女不敢表达的心意最终酿成一场误会。

她逃离故乡，为了有一天能与他比肩，而他看着她留下的一堆碎布，不知哪个才是给他的衣裳。

多年后再相见，他问她：“嫁衣，你敢不敢做？”

原来在最初的最初，小小的他说爱像云朵，飘忽不定。她摇头，手心摊开云朵状的棉团——“如果我爱他就要给他做件衣裳，牢牢地把他锁在身旁。”

与《春迟》有关的那些事

新闻背景

塑料饭盒是带血丝的针管做的，孩子的塑料玩具是注射器做的，放饼干的食品袋是注射器做的……想一想就叫人毛骨悚然。近年来，医疗废物案件屡禁不止，成吨的医疗废物经黑心产业链流入我们的生活……

打伞的蘑菇

2014 年，我曾无意间看到一篇有关“医疗废品”的报道。

某个镇上，一户很普通的人家，他们家的违建在被拆除的时候，当地居民看到了堆满后院的医疗废物。

地上堆满各种输液管、血透管、灌

肠管，恶臭扑鼻。工人用剪刀将这些管子剪成小段，晾晒，带有大量病菌的污水直排田里。

那画面我永生难忘。

西药是合成化学工业，某些西药中的原料，有极强的毒性；而另一方面，医疗废品，也是携带病毒或者感染源的罪魁祸首。

那些没有经过正规处理的医疗废品就像隐藏着的炸弹威胁着我们的生活。

从 2014 年第一次看到这个新闻到现在三年了，时不时还是能听到有关报道，黑心产业链的利益诱惑让一些人趋之若鹜。

我不是一个新闻记者，也不是一个人民警察，但我也想要做些什么，于是就有了《春迟》这个故事，有了故事里这样或那样的受害者。

有了故事里最柔软的善良和最尖锐的恶意。

我在故事里为他们设下了分离的结局，却希望现实中的“他们”遇见更多的美好。

小编寄语

愿春日迟来的阳光照亮那些角落的阴霾。

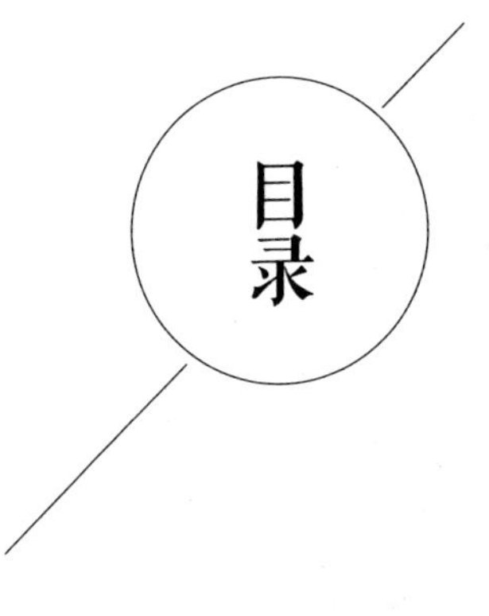

目录

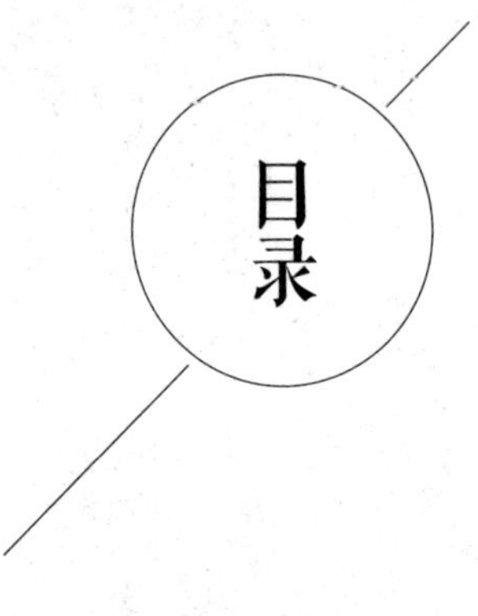
目
录

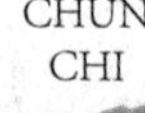
CHUN
CHI

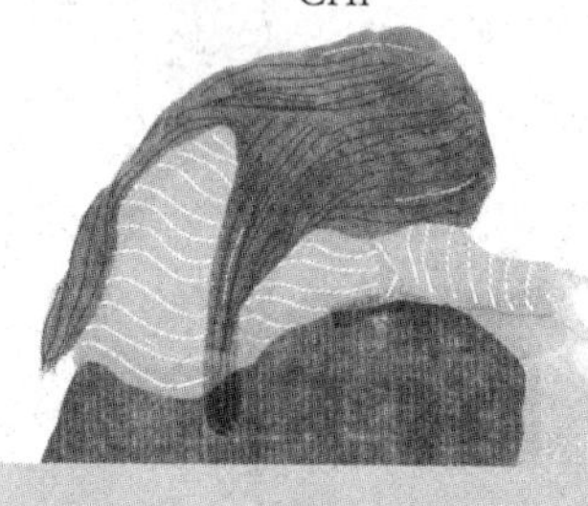

你这种就算人把你卖进传销组织，还会被批评，说你不认真学习，还耽误别人学习，过两天就被赶出来了……

第一章
初冬

1.

在路冬夏的记忆里，春潮路这块儿十几年前还是一片废地，大块大块龟裂的黄土，风一吹灰尘满世界飘。还有宛如地标一样，总是堆在那里的圆形水泥管，不管什么时候都能在管子旁找到几个正在玩捉迷藏的小孩子。

其中，就包括她和陈时肆。

陈时肆外号“十四”，是冬夏爸爸朋友的儿子，除了没血缘这一点之外，两家关系亲如兄弟。所以，路冬夏和陈时肆也算是名副其实的青梅竹马，至于两小无猜就难说了，毕竟冬夏从小是被两家人捧着长大，而陈时肆是被踩着长大的。

所以，两人打小互相猜忌着长大，比如说，还没性别意识时的冬夏日常三问——十四你是不是偷了我的发卡？十四你是不是偷偷穿我的裙子？十四你为什么不留长头发？

陈时肆觉得活着真难。

冬夏后来还听说，她出生的那年陈时肆刚好两岁，都说小孩子说话有准头，大人问小十四，你说干妈肚子里的是弟弟还是妹妹？

陈时肆说，是老婆。

然后，陈时肆被他爸爸打了一顿，说小小年纪花花肠子不少。

陈时肆对这段记忆印象深刻，要知道，在路冬夏出生以前他爸爸很少打他的，可是路冬夏一来，整个世界都变了。

更令人发指的是，冬夏后来听说这事后就一直对陈时肆耿耿于怀，她老说自己本来是个男的，结果还在肚子里的时候就被陈时肆念叨，就念成了女的。

陈时肆觉得很头大，那个时候还正儿八经地找大点的哥哥学了几节生物课，然后花了很久的时间给路冬夏讲基因，讲染色体，讲XX、XY，说路冬夏从分裂的时候就是XX了。

最后却换来冬夏一句语重心长的“错了性别不错爱”。

那个时候，陈时肆不到十岁，却被八岁的冬夏唬得一愣一愣的。

后来，冬夏想了想，就觉得自己有点过分了，不知道是不是自己欺压过度的原因，陈时肆长着长着，就变了。

小时候的陈时肆明明特别漂亮，软软糯糯、白白嫩嫩的，跟在她后面像一只小奶狗，又乖又甜。可是不知道怎么着，到了十四岁那年，他像是基因突变，成了一只花枝招展的赤柴犬，非野即浪。

就像春潮路。

几年前政府搞什么城市规划整改，于是这里就跟吃了金坷垃（肥料添加剂）一样，万丈高楼平地起，商业区、住房、学校，焕然一新。就连那块曾经堆着圆形管子的地儿，也建起了一家医院，省大附属医院。估摸着过两年，政府也要迁过来。这里俨然成了城市第二大CBD潜力股。

破烂不堪的春潮路变成寸土寸金的春潮区，这一系列的变化，也“制造”出了不少暴发户。

冬夏叹气。

据陈时肆打探来的消息，她爸爸当年也是准备在这块地上分一杯羹的，可是竞标那段时间她生了一场大病，她爸得带她出国就医，分身乏术，就错过了。

于是，她从梦想中穿金戴银的地主女儿被迫回归到现实。

这消息是真是假，冬夏没有想过，反正她爸也不是做不出来。

她爸年轻的时候还是一黑道混子，又冷又酷，穿皮衣黑裤戴耳钉，举着狼牙棒到处收保护费。后来成了家就安定下来了点，正儿八经地开了医疗废品回收厂，忙成一头驴。她妈守活寡守到生她的那一天，那一天，不是她爸不忙了，是她妈难产死了，把鳏寡孤独这个词从寡过渡到鳏，送给了她爸。

后来，她爸依旧忙，但在宠女儿这件事上做得不比沙特阿拉伯的国王差。

就拿她生病这事来说，虽然记得不是很清楚，但她也觉得并不是什么国内无法根治的病，不至于放弃一笔生意，非得亲自带她从亚洲飞到欧洲。

可她爸大概觉得折腾过的事情最后一定会走到圆满的终点，所谓好事多磨。所以那样折腾一番，他女儿从此以后一定是健康无忧的。

冬夏无 fuck 说（无话可说）。

哦，“无 fuck 说”这句话是她从陈时肆那里学来的。

春潮区春潮路 182 号的咖啡馆。

冬夏已经等了陈时肆二十分钟了，原本热气腾腾的饮品都开始凝出奶白色的覆膜。

冬夏拿着勺搅开，然后给陈时肆发消息：“你到哪儿了？”

手机屏幕上还有昨天的聊天记录，陈时肆说“路路，明天下午五点春潮路见”，还配上了一个搞事情的小黑人的表情。

可是眼看着都快五点半了。

手机振了一下，陈时肆回：“天堂。”

冬夏冷哼一声：“滚，好不好？”

那边又回：“你才等我几分钟，女人有点耐心好不好？”

冬夏又冷哼一声，望向落地窗外。

对面街边的服装店，透过摆满模特的玻璃窗看进去，陈时肆靠着收银台，正低着头玩手机，另一只手肘上挂着一个女人。从冬夏的角度看过去，那女人仿佛是悬空挂在那儿的，像一只树袋熊，妆容精致的树袋熊。

“原来还在赶场子啊！”冬夏回，“要不请您抽空抬头看看？”

一秒钟后，陈时肆抬起头，眼神毫无转折地望向她这边，像是早就知道她在这里似的。

他扬着半边嘴角笑，还朝她抛了个媚眼。

冬夏以前批评过陈时肆这个行为，说太 gay，可是陈时肆争辩不休，说这叫 wink，放电。

她无话可说。

冬夏垂着眼睛，手指灵活地按动屏幕：“怎么，最近挺忙的啊，又有新路子了？”

陈时肆最近被他爸逼得要疯了，一天十场相亲，好像明天不结婚就会单身一辈子似的。冬夏本来有点同情的，不过现在看他还挺享受的样子，有一种好心当成驴肝肺的错觉。

有点气。

陈时肆那边倒是回得不慌不忙，他从别人手里接过大包小包，半天才腾出手来回她，说：“OK，捉奸在床，我无 fuck 说。”

无话可说，挺好的。可是什么叫捉奸在床？

过了一会儿，她的手机又振了振。陈时肆发过来很长一段话：“我现在送她回去，在渡边河那边。你得等一会儿。要不我们直接那里见？那里有家店的意面不错。”

冬夏眯着眼睛笑笑，心里想着“你死定了”，发过去的字却温柔到滴水：“好啊，可以的，行吧。”

挺不错的啊，还记得我喜欢吃意面呢。不过，我怎么二十年都没发现，陈时肆你这家伙还挺具备当渣男的潜质的呢？

所以，鬼才会去什么渡边河吃意面！

2.

冬夏回过头就关了手机，叫来服务员埋了单。出店的时候把门推得格外用力，玻璃门撞到了路人，冬夏看都没看，随口说了句对不起。

她平时不这样的，平时温婉有礼、贤良淑德，走哪儿都一副岁月静好的模样。

而这一次纯属是看见陈时肆那狗腿样，有一种自己家养的狗冲着别人摇尾巴的感觉，看着就很气，怎么会有这么不争气的朋友？

所以，当时心情不怎么好。

穆迟深被撞得一愣。

方羡盯着那姑娘的背影看了好一会儿，又把目光移到穆迟深的额头上，忍不住笑："这一下撞得真实诚。"

穆迟深闭了闭眼睛，额头丝丝痛意很快散去，然后看着旁边一脸幸灾乐祸的方羡，说："挺好的，要不你也来一下？"

"不了。"方羡摆手。

穆迟深正推门的手停了下来，方羡顺着他的目光看过去，地上有一团粉红色毛茸茸的团子，乍一看还以为是一只兔子，仔细看了看又觉得不像。

"这是什么？"方羡说着，正弯腰捡起来。那边穆迟深已经推了门进去，弹回来的玻璃门差点夹住方羡的脑袋，幸好他手快给拦住了。

方羡直起身子笑，小声说了句"小子"，想了想又觉得不乐意，这小子究竟哪里好？

方羡今天来是给穆迟深送请柬的，不过不是他办喜事，是他们酒吧的一个小姑娘。那姑娘是他在路边捡的，他见她无家可归挺可怜的，就放在自家酒吧了。

本来觉得能跟自己发生点什么脍炙人口的故事，可是朝夕相处却比不上惊鸿一瞥，人家偏偏一眼就看上了来他酒吧喝霸王酒的穆迟深，然后就泥足深陷，一发不可收拾。

就不明白，凭什么。这穆小子比得过他?

不过，小姑娘胆子小不敢说，穆迟深这人也跟冰山一样，所以人家适时打住了，回头没多久就成现在这样了——辞了职，谈了恋爱，这会儿连请柬都送来了。她说在他这儿工作三年啥都不要，就请他帮忙送个请柬。

方羡没法拒绝，况且，他还挺想跟穆迟深玩玩的，不知道这小子谈起恋爱来什么样子。

穆迟深在前面等了方羡一会儿，看了他半天，说："你今天是不是吃错药了？"

"你在我哪能呢，穆医生。"

方羡找了个座位坐下来，点了两份拿铁，把请柬放在桌子上，推到穆迟深面前，说："我酒吧那个小姑娘要结婚了。"

穆迟深眼睛眨都没眨，方羡继续说："人家好好的姑娘，也不能一直等你不是。早就跟你说过，你也不小了，老顾着工作都没人喜欢你了，现在好不容易出来一个，你又把人家的爱意扼杀在摇篮里，你是打算一辈子光棍，还是打算跟我过一辈子？"

穆迟深眯了眯眼睛，看得方羡头皮一麻。

穆迟深缓缓说道："方羡，你今年快三十了吧。"

"怎么？你可别跟我比，我谈过的恋爱比你看过的病人还多。"

"没什么，就是觉得人老话多也不是没有道理。"

“呵！”方羡冷笑一声，忍了一口气，眼角瞥见自己扔在桌子上的毛茸茸的团子，又拿起来，捯饬了半天才知道是个钱包，样式倒是挺新奇的。

他抬头看了穆迟深一眼，不怀好意，然后打开，里面零零散散放着不到一百块钱，还有一张身份证，他拿出来，看着上面的名字照着念：“路，冬，夏。”

路冬夏？

就是刚刚撞到他们的那个姑娘？刚刚没看清脸，现在倒是看见了，身份证上的姑娘一双眼睛格外亮，抿着嘴极力憋着笑，哪有照个证件照这么开心的？不过还挺好看的。

穆迟深目光极淡地瞥过去，却被方羡立马捕捉到了，他挑眉笑：“穆迟深，我怎么觉得那小姑娘是故意撞到你的呢？”

穆迟深没理会方羡。

方羡却更来劲了，说：“不然为什么身家性命都丢在你面前了？你看一个二十岁的小姑娘，出门带这么点钱，现在全扔给你，应该连挤个地铁回家的钱都没了吧。大晚上的，又冷，现在指不定在哪个小角落窝着等着你，想想也怪可怜的。”

穆迟深真搞不明白方羡：“你就是这样捡到她的？”

“谁？”方羡心里一顿，他当然知道穆迟深说的是谁，笑得不甚在意，又说，“我比你帅多了。”

“方羡。”穆迟深往后一靠，揉眼角，“你难道没觉得，人家喜欢的是你吗？”

“？”

“她问你我是谁的时候，眼睛可是一直看着你的。”

3.

冬夏出了咖啡馆之后在路边站了一会儿，不知道去哪儿。

反正不去什么渡边河，本来这事陈时肆跟她说清楚了，她还能帮他跟那女孩子出出主意推波助兴。

可关键是，陈时肆居然把她当狗一样指挥来指挥去的，还指望她真吐着舌头哼哧哼哧地等在那儿？

她又不傻。

冬夏站在马路边，正对面就是当年平地一声雷建起的省大附属医院，如今已经代替那几根水泥杆成了新地标。

之所以这么说，是因为春潮区以省大附属医院为界，一边是车如流水马如龙的繁华大都，一边是很典型的街头小巷。

一闹一静宛如两个世界。

特别是现在这个时候，暮冬下午六点，天空已经是昏昏沉沉的，穿过医院侧边的马路走过去，有一种瞬间从白天到夜晚的感觉。

冬夏来的时候就是从这条路走的，大概是人群恐惧症，她还是比较喜欢人少的地方。

可是来的时候还早不觉得，现在日光开始隐隐转落，冬夏才觉得人少并不是什么好事。

特别是人本来就少，后面还有一个人从头到尾都跟你同路。大概是电视剧看多了，冬夏觉得自己可能被跟踪了。

冬夏将脖子上的围巾拉高了点，遮住自己半张脸，加快了步子在前面的路口转了个弯，透过路边小饭店的玻璃，她瞥了那人一眼，是个男人，裹着厚重的棉衣，头上戴着顶藏青色的毛线帽子，看不清脸。可是，他也跟着转弯了。

如果现在还觉得自己多虑，那也太天真了。冬夏心里慌张，虽然自己在陈时肆面前也挺浑的，可是也没遇到过这种情况，新闻上看的各种拐卖少女案子在自己脑内场景重现。她不由得加快了步子，想找家店子躲进去。

那男人大概是知道路冬夏已经注意到他了，他非但没有离开，反倒追了上来，声音越来越近，说："哎，你跑什么？"

跑什么？你说跑什么？可目前也就敢心里横，路冬夏再想跑却被人抓住了肩。

"干什么呢你！"一阵惊呼，冬夏挥开他的手。

路上没有几个人，注意到她的就更少了。

冬夏想喊人，可是那男人却一脸很熟的样子，说："爸爸是觉得那家店子的东西太贵不给你买，我们可以多看几家店啊。"

什么跟什么？谁是我爸，我全家都是你爸！冬夏莫名其妙，这是装亲呢？！

“你放开！”她猛地甩开那人的手，再跑的时候有点吓得没了方向，只看见前面有个女人，便朝着她跑过去。

后面的男人紧追不舍：“小兰，小兰，小兰你别跑，爸爸给你买就是了……”

那女人大概是注意到冬夏，接住跑过来的冬夏，看了看她身后的人，问：“怎么了？”

冬夏喘着气，都快哭了：“我不认识那个人……”

“别怕啊。”女人拉着冬夏往前走，“现在人贩子都是这样，假装是你什么人正大光明地拐你，路人也只会觉得是家庭闹矛盾，你小姑娘可千万别上当。”

女人说着，朝着路口走：“我送你去打车，你小心点。”

冬夏只顾着点头，都没想到给陈时肆打个电话，她看见停在路口的车子，银灰色的，有点旧，并不像出租车的样子。

冬夏有一瞬间的迟疑，那女人却将她往那边推，一脸慈眉善目，说：“快回去吧，以后别一个人到处跑了，我是你妈我得担心死。”

不知道是哪一句戳中了自己，冬夏泪眼蒙眬地点头，然后拉开车子的门，她刚准备坐进去，却听见一道声音，很陌生，却完整地叫出了她的名字：“路冬夏。”

她回过头，是一个年轻的男人，西装外套着一件黑色的长风衣，身形修长挺拔，暮色沉沉照着他的面部轮廓格外深邃。

“啊……”冬夏应了一声，眼泪就滚了下来。

穆迟深显然没想到她会哭，皱了皱眉，说：“过来。”

“小姑娘你认识他？”刚刚那女人拉住她。

冬夏摇头：“不认识。”

“我说你怎么这么不长记性呢？不认识的人千万别跟他走。”

“你的意思是她认识你？”穆迟深思索片刻，将话锋转向一直在旁边煽风点火的女人。

大概是穆迟深气势凌人，那女人马上闭了嘴，见冬夏迟迟不上车只得松了手，她掉过头边走边说：“算了，算了，好心没好报，你这样的人迟早被卖。”

冬夏看着女人走开，不知道为什么就觉得安心了许多，她抹了把眼泪，又将目光移回到面前的男人身上，问：“你……”

“我为什么知道你的名字？”穆迟深替她把剩下的话给说完。

刚刚在咖啡馆的时候，方羡二话不说把钱包扔给他，估计是想回去抢亲，可是完全没告诉他捡到人家的钱包扔给他是什么意思。

恰好出来的时候又看见马路对面的人，寒风一阵一阵的，他额头上被撞到的地方还是有点微热的感觉，所以也没那么快忘记她。于是，他就跟了过来。

幸好跟过来了。

穆迟深将手里的东西递过去，冬夏吸着鼻子接过来，是自己的钱包。她打开看了看，又抬头看他，可怜兮兮的，就像是路边等待投食的小野猫。

穆迟深被看得一愣，心里好像是被什么拨了一下。他声音沉沉，说：“春潮路有正规的出租车，多走两步就到了。”

“那你是谁啊？”冬夏半天捋顺一句话。

穆迟深借着微弱的光看见她通红的眼睛，说：“不知道是谁都敢跟人家走，现在问是不是晚了点？”

“那是因为……”冬夏不知道因为什么。

“下次聪明点。”穆迟深留了一句话，他没打算等她想到理由，仿佛在这儿多待一秒智商就会被传染似的，走得特别彻底。

冬夏看着他冷冰冰的背影，吸吸鼻子，明明还想问问他是不是看到了她身份证上的照片的，能不能不要记得身份证上的样子，不好看。

后来想了想自己现在又㞞又弱，还哭得一脸泪水的样子也不好看，只能作罢。

冬夏低头叹气，一阵风刮过来，她打了个寒战，才反应过来自己刚刚遇到了多么危险的事。

一阵寒意从心尖尖上开始漫开，她扶着自己扑通扑通停不下来的胸口，又听话又乖巧地多走两步，边走边给陈时肆打电话：“陈十四，我要你立刻马上滚回来！”

与此同时，穆迟深的电话也响了起来，他并没有走远，站在拐角的阴影处看冬夏一路走出去，直到她挂完电话才接起来。

方羡在那边语气很急，又难掩兴奋：“她没结婚，请柬是假的，说是为了试你……”

“你现在还觉得是试我？”

那边沉默了一会儿，说：“那好吧，不用试了，请柬照发，你准备一下。”

穆迟深没来得及说话那边就挂了电话。不过无所谓，他已经记不清这是方羡第几次跟他讲这句话了。

怎么看，这个快三十岁的男人都不像他的，舅舅，亲舅舅。

穆迟深收了电话从暗处走出来，看着对面汉堡店里乖乖地坐着的冬夏，手里不知道什么时候多了杯奶茶，眼神有点呆呆的，不知道在想什么。

不过，穆迟深忽然想起刚刚他来的时候，就那么一眼，她怎么就哭了？

4.

陈时肆接到电话的时候还在春潮路绕圈，车子疾驰在奔流如注的街道上，倾泻进来的风吹散了满室浓烈到令人作呕的香水味。

他挂完电话，找了个地方将车子停下来，朝着副驾驶上的女人说："就到这儿吧。"

"什么？"女人显然没听明白。

"下车。"陈时肆回过头来朝她笑得人畜无害。

"不是说好一起去人家家里嘛……我爸……今天好不容易不在家。"女人特有的娇羞到这儿就只剩油腻了。

陈时肆眯了眯眼睛，觉得自己怎么就沉不住气，选了个这样的女人来给冬夏炫耀呢？

他的确是故意的，故意约见面，故意在她面前秀，还故意放她鸽子。他还没来得及正面看一看她的反应呢。

主要是最近他爸逼他相亲逼得紧，试了几个都觉得不过瘾，还不如冬夏那个整天在他面前充老大的霸王。

可是当他有这个想法的时候就觉得不对劲了。

冬夏，要过一辈子的话，为什么不是她？

可是这样试了好几次，冬夏从来都是一副指点江山的模样，还兴致勃勃地帮他筛选，完全把他当亲兄弟了。

想想就很扎心，不过他想了想之后也没什么好在意的，只是觉得非要结婚的话还是冬夏好一点，是非要，不得不，必须，并且在冬夏跟他有同样的想法下……

除了这个情况，再加上冬夏对他毫无态度的态度，陈时肆还是比较喜欢在莺莺燕燕中寻花问柳。

至于他爸那边，只能宁死不从了。

陈时肆朝着身边的女人继续笑，有点妖孽：“我不喜欢对女人爆粗口，不过现在我忽然福至心灵，有好几种脏话可以表达滚这个意思。你要不要听一遍？”

“神经病！”

陈时肆更觉得无趣了，骂过他的女人都只会骂他神经病王八蛋，不像路冬夏，三百六十五种花样变着法骂他，一年都不带重复的。

这么说来，路冬夏可真是博学多才啊！

陈时肆是在路边看见冬夏的，她正捧着一杯热奶茶，头发被风吹得有些乱，眼圈还红红的，站在那里跟一个留守儿童似的。

车子停在她面前，冬夏气势汹汹地坐进来，陈时肆盯了她半天，深呼一口气，问：“我的天啊，小地主，你不会是哭过吧。”

“要你多嘴，开你的车！”

陈时肆耸耸肩，乖乖地闭嘴没说一句话。

他还记着路冬夏不喜欢人多，特地绕了春潮路后面的路走。

可是，路过一家拐弯处的小饭店的时候，他却注意到路冬夏的脸色瞬间就变了。

“怎么？”

路冬夏张了张嘴，扒着车窗眼睛直勾勾地看着路边站着的两个人——一个是跟踪她的戴帽子的男人，另外一个是解救了她送她上出租车的女人。

他们正在一起交谈着什么，路冬夏觉得自己仿佛能听见他们在反省这一次作案失败的原因以及下一次的目标。

原来是这样啊，他们根本就是一伙的……

虽然一开始有想过这种情况，可是当事实真这么赤裸地搁在面前的时候，路冬夏只觉得有一阵恶寒从心头漫开，她好久才说："陈时肆，我差点……被卖了啊。"

"谁卖你啊，你这种就算人把你卖进传销组织，还会被批评，说你不认真学习，还耽误别人学习，过两天就被赶出来了……"陈时肆说着说着就没声了，他瞥了眼路冬夏苍白的脸，眉心不免蹙起，"你说真的？"

路冬夏一向伶牙俐齿的，这会儿却憋了半天才把事情给捋清楚。

陈时肆看了她好几眼，最后找了个地方把车子停下来，半天才说："路路，对不起啊。"

冬夏愣了一下，吸了吸鼻子："你有什么对不起的啊，你又不是一次两次把我扔一边了，到最后我还不是得像爸爸一样原谅你……"

陈时肆被堵了一嘴的话："行的，你行的，你比我爸厉害多了。"

冬夏叹了一口气，估计是缓了好久才缓过来，说："算了，反正被救了。”说着就不免想到刚刚那个男人，这下还真是自己的救命恩人了。

现在想想觉得自己当时真㞞啊，又傻，干吗人家一冷淡就㞞了，应该冲上去要个电话号码啥的。

怎么就这么不争气呢?

“路路？”

“啊？”

“我在跟你说话呢，你在想什么？”陈时肆喊了她几声。

路冬夏才回过神来，问：“你说什么？”

陈时肆叹了口气，将手里的几张纸递到路冬夏面前，又说了一遍：“今天找你出来本来挺高兴的一件事，我没想到会这样。”

“什么？”冬夏接过来，上面密密麻麻的字看得她眼花。

陈时肆跟她解释：“我爸在春潮路看中了一家店面，准备开连锁，以后春潮路这边的臻玄酒店就归我管了，鉴于今天这事，算我对不起你，以后这边臻玄你可以免费住的。”

“不稀罕。”

路冬夏一向不理解陈时肆他们家为什么要给自己家酒店取“臻玄”这么别扭又难听的名字，不过这一次还真对陈时肆他们家又多了点崇拜，春潮路这么贵的地方，他爸说搞一家店面就搞一家店面。

“你爸不会是找你洗钱吧？”

“你说什么呢，”陈时肆拍拍她手里的纸，“政府审批，官方盖章文件看懂了吧？”

路冬夏看不懂，她将东西扔回去：“怎么，跟我炫耀自己身家又涨了不是？”

“哪敢啊，你爸上个月不是还在筹划着在北城那边开分厂吗？”

说起这事，冬夏才记起来自己找陈时肆的初衷。

在她记事以来，她爸爸虽然忙，但一直是顺风顺水的，不过最近像是出了什么问题似的，被烦得不行。

作为贴心小棉袄，这么明显的情绪还是感觉得出来的，所以她偷听了一次他爸打电话，好像是不知道哪里半路杀出一家医疗废品回收站，截了她们家不少生意，好几家医院都跟他们家解约了。

冬夏隐隐觉得她爸爸给她扛了二十多年的港湾要被冲毁了。

“陈时肆，我有一件很严肃的事情。”

“什么？”陈时肆正想着别的事，这下被叫得一惊。

冬夏却没注意他的心不在焉，她透过车窗看着不远处的那家医院，亮着灯的几个大字格外耀眼，她说：“我想干点大事。”

陈时肆把路冬夏安全送回家后又回了春潮路。

他将车子停在医院后门，顺着他们刚刚回去的路又走了一遍，并没有看到冬夏刚刚看到的那一对男女。

他站在马路中间，四处看了一眼，前面是一条废旧的人行道，没有摄像头，周围有几家布满油烟的小饭店和杂货铺，都相继关了门。

总之，附近完全没有可以记录之前发生过什么的东西。

陈时肆回过头，看着背后耸立的医院住院部大楼，眯了眯眼睛。

他平时再怎么大爷都不敢得罪路冬夏，这会儿居然有人敢直接上手拐卖她，还把人给吓哭了。

很好，胆子挺肥。

人与人之间，不就是靠点牵扯嘛，牵扯来牵扯去，感情就出来了。

第二章
逢雪

5.

省大附属医院二十四楼外科值班室。

门口几个护士坐在一起闲聊什么，见穆迟深走过来，立马闭了嘴顺带着抿唇微笑：“穆医生今天又值班吗？”

穆迟深在服务台上的值班表上签了字，低低沉沉地“嗯”了一声。

“穆医生，那个，我……”

穆迟深抬眸看了她一眼，冷光四射，护士小姐咬着唇脸红成一片，本来还想说什么来着，这下只得悻悻然闭了嘴。

他将笔放回原处，难得主动开口，问：“监控室的人来过吗？”

“哦！”护士小姐恍然记起来，说，“说你要的东西放到你办公室了。”

穆迟深点头说了句“谢谢”，回到办公室的时候果然看见桌上的东西，是监控室拷出来的影像资料，有关那天晚上差点被拐卖的姑娘。

叫什么来着？路冬夏吧，冬虫夏草还挺好记的。

其实医院后边不安分这事他听说过好几次，只是没想到还真被自己给遇见了，这下也不得不管了。

他看了一遍，住院部楼道的摄像头的确可以拍到那条街的情形，不过天色太暗，再加上还是有一定距离的，效果并不怎么好。

他给方羡那边打了个电话，没人接，就直接把视频文件给传过去了。

方羡这人说起来喜欢给他找麻烦，但有时候还是有点用的。比如说影像还原，听说是为了撩妹子特地学的。

穆迟深给他留了两句话，桌上的内线电话就响了起来。

是保安科那边打过来的，说是有人要找院长。

穆迟深按下转接键的同时，却听到了那边的声音，很猖狂的男声。

“人贩子都到你们家门口了，你就不怕把你们生意给拐跑了？”

穆迟深大概知道说的是什么事，收回了手，说：“我待会儿下来。”

陈时肆也不是真想来医院闹事，感觉自己二十几年书白读了，在这污浊的世俗中还是免不了做了一个无脑的医闹者。

他沉下气来，对着保安室的几个年轻小伙子又说了一遍："真的，我们家路路在你们家门口差点被拐，我总得弄清楚事情起末不是？你就把监控录像调出来给我看一眼，被院长开了我雇你们！"

陈时肆说完这些话就感觉保安小哥不说话了，他回头看了一眼，来的是一个男人，黑衣黑裤，西装革履，样子还说得过去，就是整个人冷到不行。

陈时肆眯着眼睛打量了他一番，戳了戳自己身边的小哥，问："怎么，你们保安大队长？"

旁边的小哥脸都黑了。

陈时肆这下明白了，找这些小喽啰没用，还是得找大队长，他三两步走过去，想拍拍人家肩，没想到人家比他还要高一点点，心想着搞保安的身材挺不错的啊，比旁边几个注水保安强多了。

陈时肆说："队长，我也不是什么不懂礼数的人，这事他们应该跟你说了。"

"嗯。"那人居然还应了，他将手里的黑色盘递给陈时肆，"我已经准备备份递交给警方了，到时候需要配合的地方就麻烦你们了。"

看吧，总是下面的人搞事情，还硬拽着不给他，现在队长出马还不是乖乖拿过来。

陈时肆笑："谢谢了。"说完，他回头看了那几个拿着鸡毛当令箭的人，眨了眨眼，"好好干。"

然后，得意扬扬地离开了。

整个保安室的人一瞬间呆若木鸡，不知道谁喊了一声：“穆医生……”

“没事了。”穆迟深应了声，走了两步又问，“院长今天不在？”

“好几天都不在了……”

“以后院长的事不要找到我那边。”穆迟深整理着袖子，慢条斯理的样子格外沉稳，只是浑身都透着一股不好说话的味道。

“可是……”

“就这样吧，实在不行还有股东会。”

穆迟深没有给他说完的余地。

他们就不明白了，院长那边说找穆医生，穆医生又说别找他，甩锅甩得倒顺手，只是苦了他们这些举着锅跑的壮丁，谁来心疼他们啊。

陈时肆拿到录像带后回车子里反反复复看了几遍，很模糊，只能看到大致的穿着。医院后街人来人往的，压根就看不清人脸。

他后来还蹲了好几天，指望着哪一天那两人又穿同样的衣服，他应该还是能认出来的。可是真有点难。

他靠在车座上，觉得自己可能要在这儿买个车位了，正苦恼着，听见有人敲车窗。

陈时肆按下车窗，是那天医院里给他录像的男人，他有些疑惑了："队长？"

穆迟深看了他一眼，递过来手里的东西："录像带不清楚，这里有还原过的影像，我把可疑的人抠下来了。"

他说完就走了，留下陈时肆莫名其妙。

不过，陈时肆看着手里的文件，忽然有一种地下党交接的感觉。文件里面不光有照片，居然还有那两人很详细的信息。陈时肆立马从车上下来，想叫住人，可是似乎是有点晚了。

他眯起眼睛看着前面除了车子空无一人的停车场，觉得这人挺厉害的，也不知道愿不愿意去他们酒店做保安。毕竟在自己只会守株待兔的时候，人家已经开始从技术侦查方面突破了。

方羡这几天似乎还挺忙的，穆迟深之前发过去的文件他今天才给传过来，问清原因后，居然连人家私人信息都弄出来了。方羡在情报收集方面真的令人心惊。

不过从信息上来看，那俩人贩子家住得并不远，就在医院后街一条巷子的危楼里边。他本来想先去看看。可是望下去便看见了后街停车场那里停着的车。

居然还在那里，穆迟深想了想，就把东西装了文件袋给送了过去。至于他要怎么处理……

穆迟深是到晚上值夜班的时候听见护士们议论的，听说后街那一块刚刚出现了斗殴，一个挺年轻的小伙子硬是把人家一个中年男人逼到了巷子里，旁边一女的怎么劝都劝不住，嚷嚷着要杀人了。

保安科的保安员看见穆迟深走过来，想了想还是问：“穆医生，好歹是医院附近，我们要管一下吗？”

穆迟深正翻病历，头也没抬，说：“不了。”

“啊？”

“杀不了，顶多打残，跟急救科的医生说一下，待会儿留个手术室。”

“哈？”

这都信？穆迟深收了病历往病房走，没走两步外面已经响起警笛的声音，他停下来，看着外面漆黑的街道里忽然亮起来的灯，红色蓝色交织在一起。不知怎的，忽然又想起路冬夏来，也不知道想什么，就单单想起了这个人，路冬夏。

6.

陈时肆也就稍微吓唬了那两人一下而已，后来还是报了警。两人上警车的时候还在哭着叫爷爷。

他觉得好笑，那两人莫名其妙喊自己爷爷不是一件很奇怪的事情吗？为什么路冬夏动不动就想当人家爷爷或者爸爸，还是不是个小姑娘了？他决定得跟她谈谈这事。

到家的时候已经晚上八九点了，陈时肆他们家跟路冬夏住同一块别墅区，隔着一片花圃，站在阳台上还能看见路冬夏家的后院。

陈时肆家里没人，见路冬夏家还亮着灯，转身就跑去敲门。

路冬夏穿着一身又厚又重的睡衣出来，打开门就看见陈时肆站在那里，他得意扬扬地晃着手里的东西，说："看这是什么？"

"不看。"冬夏说着就要关门。

幸好陈时肆脚快，他顺势钻了进去："这两天都没见你出门，不会是还怕着吧。"

"怕打不死你。"

陈时肆没理她，把手里的东西扔给她："喏，已经报警了，警察蹲了好几天，人已经抓了。"

他没说自己是怎样把别人逼到叫爷爷的，这种事情，冬夏只要知道一个满意的结果就好，结果换来冬夏一个口是心非的白眼："你无不无聊……"

"从小到大惹过你的哪一个还活着？"陈时肆走到沙发边，跟着她坐在地上。冬夏扑过去捂住他的嘴："别被我爸听见了，他最近本来就烦，我可不想再惹他操心。"

陈时肆愣了一下，鼻翼萦绕着路冬夏手上淡淡的香味，软软的奶香味，很甜。他回过神来，问："你用的什么香水？"

冬夏莫名其妙地看着他，刚好冬夏的爸爸路毋庸从楼上下来，看着两个坐在地上的孩子，说："路路又坐地上？"

"爸！"冬夏脸上挂起甜甜的笑，看了一眼时钟，晚上十点半，"现在还要出去啊？"

"厂里有点事。"路毋庸拿了外套，回头又看了眼冬夏，"别坐地上，地上凉。"

"知道了……"

"你也别老欺负十四。"

"我哪能啊……"

陈时肆跟着站起来，笑嘻嘻地说："路叔叔你注意身体啊，路路有我帮忙照看呢，我一定不会让她胡来的。"

"她不带着你胡来我就够放心的了。"路毋庸沉沉地笑了一声，看了眼时间已经不早了，"好了，我先走了。"

冬夏一直目送着路毋庸离开，直到看不见了，她才更加笃定心里的那个想法。

她必须得干一件大事，比如说省大附属医院，要是那个咖位的医院能跟自己家合作，那她爸爸应该就不会这么烦了吧。

陈时肆回头倒沙发上："你们家可真够父女情深的。"

冬夏没搭理他，忽然又格外正经地说："陈时肆，我上次跟你说我想干件大事，是认真的。"

"我也是认真的啊。"

陈时肆压根不记得上次是哪一次，在他的印象里路冬夏可是一直都是搞大事的人。但是他不一样，他平时一副谁都懒得搭理的样子，只有在碰到路冬夏的事才觉得是大事。

路冬夏很不理解，陈时肆笑笑，说："比如说那两个人，我得教他们做人，既然都拐了，为什么不拐彻底点，你这个智商的都拐不走，还有什么脸在人贩子这个行业上混。"

"你是不是皮痒？"

"您给我挠挠？"

陈时肆是结结实实挨了路冬夏几拳头，最后不得不妥协了，举手投降，说："好了路路我知道错了，谢谢你教我做人。"

"我不光教你做人，我还要把你踩在脚底摩擦。"路冬夏情绪明显高涨了起来。后来还是自己打累了喘不上气来才停手。

陈时肆也累得够呛，说："我忽然想起来我过两周要出国，你怎么就不知道好好珍惜我？"

"出国？"路冬夏一惊，"你怎么不早说？"

"怎么，后悔了？"

"想列个表让你帮我搞代购。"

陈时肆被堵得无话可说："行的，你可真行。"

话是这么说，不过陈时肆要是真走的话她还挺舍不得的，她消停下来，问他："你去干什么？"

"找我妈。"

也对，自从陈时肆他爸妈离婚后，他每隔几个月都要去一次美国的，只不过这一次格外勤。

路冬夏忽然觉得，不管是她和陈时肆，还是她爸爸还有陈时肆他爸妈，都已经不是小时候的样子了。

7.

陈时肆走了一个星期。

路冬夏就在春潮路蹲了一个星期。

她最近几天每天早上都会在这里出现，主要是为了勘测这家医院的格局、建树，以及管理体系。

不过屁事没发现，倒是知道春潮西路一家巷子里的打卤面不错。最主要的是，经常会有医院的人过来，多多少少能听到点消息。

比如，院长已经很久都没来医院了，医院里大大小小的事情都是由穆医生在管。

穆医生……

冬夏吸了一口面条，脸吃得通红。外面是来来往往撑着伞的行人，是下雨了吗？她歪头看了眼，灰蒙蒙的天空像是一块干瘪的抹布，窸窸窣窣落下几片雪花下来。

居然下雪了，明明冬天都快要过去了。

冬夏吸了吸鼻子，怀疑自己是不是感冒了。准备去结账的时候，她却在收银台看见一人，黑色半长棉衣外套，露在外面的手指干净白皙，骨骼修长，真让人想入非非的一双手呀，再往上看……

哎呀，真巧!

穆迟深大概是注意到这边的目光，他转头看过来，冬夏已经掩不住惊讶了：“啊，是你！”

穆迟深看起来并没有想起来她是谁。

“你该不会不记得我吧。”冬夏的气势瞬间敛去一大半，“我啊，还是你随手救人救习惯了……”

“记得。”

淡淡的两个音节，却重新燃起路冬夏的气势，她抬起头，眼睛亮亮地看着面前的人。

穆迟深想了想，蹙着眉，在心里先念了一遍冬虫夏草，然后才说：“路冬夏。”

嘿嘿，路冬夏在心里小小窃喜：“对，路冬夏，冬虫夏草那个。”

穆迟深一愣，敢情她还真是这样自我介绍的？那为什么不叫虫草？正准备开口，服务员端着一个黑色的四方盒子过来，说：“先生，您的面好了。”

路冬夏看了眼，难得在这个速产速销的时代还能看到自己带打包盒的人。

“谢谢。”穆迟深接过来，看着眼睛四处转悠的人，“没什么事我先走了。”

“啊！”冬夏回过神，“有事啊，我还不知道你名字呢。”

“不用了，我只是路过这边，不常在。”

“什么不用啊，”路冬夏跟着他走出去，玻璃门毫不留情被关上又打开的一刹那，她忽然想起什么来，“哎，你是不是在春潮路那边的咖啡馆里捡到我钱包的啊，那我那天是不是撞到你了。怪不得你对我一直不咸不淡的，原来你记着仇啊！”冬夏追着人跟倒豆子一样一股脑地把话给说完了。

记仇？穆迟深在前面停下来，回头看了她好一会儿，颇具耐心地说：“如果你是为了报答那天救你的事，就不必了。如果你是觉得我记仇，不好意思，我只记得你身份证上的名字。”

身份证，好好的提身份证干什么呢？试问哪个美少女愿意一个这么好看的男人时时刻刻记着她身份证上的样子呢。

冬夏瘪了瘪嘴，说：“都不是。”

“……”

“就是礼尚往来，你知道我的名字，总得告诉我你的名字吧。”路冬夏满含期待地看着他。

穆迟深大概没见过这么缠人的人，他沉默了一会儿，然后侧头问她：“真想知道？”

“嗯！”

穆迟深眼睛划过马路正对面街边的小巷子，说：“往那边走有一个人口贩卖机构，我在里面做点小事。”

“什么？”冬夏还没反应过来人已经转身走开了。她盯着那道背影看了好一会儿，冰凉的雪花飘进衣服领子，她才恍然回过神来，然后嘴角慢慢笑开，骗谁呢，这个长相贩卖人口怎么会是做小事的呢，多少少女趋之若鹜，最起码是个领队。

穆迟深以为小姑娘经上次差点被卖的事件现在应该对拐卖这种敏感词有所忌惮的。

他往前走了几步，在路边随手拦了辆出租车。路过冬夏的时候无意识地看过去，只见刚刚还愣住的人现在正笑嘻嘻地朝着他挥手，整个人被包裹在厚重的衣服和围巾里像一只熊，圆圆滚滚，跳起来的样子有些笨拙，朝他喊：“再见啊，队长！”

队长……

穆迟深关上车窗，世界一瞬间清静了许多，只剩电话在空气里振动的声音，他看了一会儿才接起来：“双溪？”

“哥，”穆双溪的声音有些细，要很努力才能听清楚，“哥，你今天会回来吗？”

“嗯，过来。”

8.

暮冬的雪似乎有些虚张声势，刚刚还密密麻麻往下落雪花，可不知道什么时候已经停了，除了地上湿漉漉的一块没有任何堆积的白色。

出租车停在一片私人别墅区，穆迟深从皮夹里掏出几张红色的纸币，说：“有空的话两个小时后过来接我。”

司机接过来，兴冲冲地说了个“好”。

他大概有半个月没有回来这里了，穆迟深站在门口按响门铃，是兰姨开的门，三十岁的女人，眉眼间已经有了些沧桑的感觉。

穆迟深对她并不是很了解，只知道是他爸爸穆延卿从越南带回来的保姆，这些年一直负责照顾穆双溪。

兰姨走出来接过他手里的东西：“穆医生。”

“双溪呢？”

“刚吃完药，在楼上等您。”

“这个热一下，待会儿送上来。”穆迟深说着，脱了外套挂在门口，又去仔细洗了手，“回头有时间带双溪来医院做定期检查。”

穆双溪从小就身体不好，吃过的药比饭还多，严重的时候连正常的生活起居都做不到，所以也没办法像同龄的姑娘一样上学、谈恋爱、交朋友。

其实有时候，穆迟深觉得自己比双溪还要羡慕那些健康能闹的小姑娘，那样的话，他至少知道怎么做一个哥哥。而不是像现在，除了给她带一份面，就不知道还能做什么了。

“穆医生今晚留在家吃饭吗？”兰姨叫住他，“先生这周去美国了。”她指的是穆延卿，父子俩的关系她多多少少还是知道一点。

穆迟深停了一下，说：“不了。”

兰姨没再说话，抱着餐盒进了厨房。

穆迟深上二楼的时候，穆双溪似乎正要下来，她披着外套站在房间门口喊他：“哥。”

“怎么出来了？”穆迟深走过去，看着她越显苍白的脸色，说，“面我给你带回来了，兰姨正在热。”

穆双溪没有理穆迟深说的话，垂着头低声问：“爸爸最近一直不在家，你可以回来住的。”

穆迟深正往前走，听到话又停下来回头看她，想说什么似乎又有点于心不忍，声音缓下来：“我让兰姨有时间带你来医院，身体情况稳定点就可以回学校，一直待在家里也不好。”

“哥。”穆双溪又叫住他，“爸爸他……”

“如果你不想待在这里就搬出来吧，兰姨我跟她说，毕竟是他找的人，不能走的话我重新找人照顾你。”

“你知道了？”穆双溪小心翼翼地问。

穆迟深不知道是笑还是嘲讽的表情，淡淡说了两个字：“知道。”

穆延卿要结婚了。这事他一直都知道，毕竟穆延卿的风流债从来就没有断过，能在他母亲死后三年再续弦已经是仁至义尽了，他没什么想法。

只不过没想到穆延卿娶的居然是他妈妈助养的一个学生，沈晚。

穆双溪不知道该说些什么，再准备开口时楼下却传来了兰姨惊慌失措的声音：“穆先生，您怎么回来了？”

穆延卿回来了？他不是应该在美国吗？穆双溪有些仓皇地去看穆迟深，而对方的表情并没有什么变化，仿佛没听到般。

“哥。”穆双溪小声喊他。

穆迟深开口：“先下去吃饭吧，我拿点东西，待会儿下来等你吃完再走。”

穆双溪有些不放心地看了他一眼，穆迟深揉了揉她的头，又说：“放心吧，我不会跟他吵了。”

他很清楚地记得上一次见面闹得有多么不愉快，双溪在旁边一直哭，后来哭到气胸发作，送到医院急救才结束那场争执。

好像已经过去很久的事了，现在想一想，大概也已经没有什么事能值得他和穆延卿大动干戈了。

穆迟深下楼之后才知道沈晚也在，大概是跟着穆延卿太滋润，完全看不出来已经是三十五岁的女人，气质如兰，温婉优雅，嘴角浅浅地笑着，握着双溪的手在跟她说着什么。而穆延卿在旁边难得的慈眉善目，一副享尽天伦之乐的模样。

“哥。”穆双溪先看见的他。

穆延卿回头看过来，似乎并不意外他在家，稍稍直起了身子，说：“正好，给你介绍一下。”

“不用介绍了。”穆迟深走过来，“很熟了。”

沈晚站起来，笑：“小迟深一下子长这么大了，记得小时候还总是叫我晚晚姐姐，现在应该叫不出来了。”

“是叫不出来了，现在都不知道该怎么称呼您了。”穆迟深说得客气而又别有用意。穆延卿却是听出来了，语气微微不悦：“都是穆家的人，该怎么叫不用我教你了。”

“是不用，我妈教过了，沈晚是她很喜欢的一个学生，让我们当亲姐姐看，对她好一点。”

“你给我闭嘴！”

“哥。”

穆延卿和穆双溪几乎同时开口，穆迟深却是面不改色地看着沈晚。而沈晚怎么说也是见过大风大浪的人，丝毫不为之所动，嘴角的笑意依旧不减，语气却是有些嗔怒地朝着穆延卿道：“延卿，说好这次回来不发脾气的。”又回过头来看穆迟深，“你爸是脾气不好，你别往心里去，都把医院里的大大小小的事扔给你了，也不知道多关心一下。”

穆迟深不说话，听着沈晚温婉又恰到好处的语气，心里一阵冷笑：“您费心了。”

说完电话响了起来，穆迟深接起来，是刚刚的出租车司机，来得刚好。他接完电话，穆双溪走上来：“哥……”

“医院有事。”穆迟深这话并没有朝着谁说。

穆延卿却沉声一呵：“不准走，今天在家吃饭。”

“爸。”穆迟深觉得自己好像很久没有叫出这个称呼了，穆延卿心里也一顿，居然泛了点酸。

穆迟深顿了顿，接着说：“要是有个将死之人等着我，不管是出于责任还是义务，我都没办法坐下来吃饭的。”

“你！”

穆迟深笑笑，还是走了。他回来本来就是为了给双溪送一碗面，不会因为谁要待久一点，也不会因为谁而待不下去。

当然，也不会故意气穆延卿，那是小孩子做的事，而他已经不小了，真要做什么也有他自己的做法。

9.

路冬夏没想到会在医院碰见穆迟深，她发誓自己没有守株待兔，至少等的不是这只兔子。

只是在大洋彼岸十四老师的指导下，她觉得不能老待在面馆听消息，要打入敌人军营内部，直接要求谈判。

所以，她才整理了一身行头杀进来，穿着一身谈判专家的西装西裙站在咨询台问了半天院长在哪儿。

偏偏服务台护士小姐姐翻来覆去就那么一句话：“院长出差学习了，近期不在医院。”

冬夏虽然缠人，但是该有的素质还是有的，她留了自己的电话，说院长回来就告诉她一声，刚回过头就看见了穆迟深。

看样子……并不像来看病的啊！冬夏忽然福至心灵，靠在咨询台随口一问：“那个人……”

“那是……”护士有些为难，“那是，穆医生。”

穆医生，原来姓穆啊，听着怪耳熟的，冬夏说了句谢谢，兴冲冲地朝着穆迟深的方向跑过去，走了两步又停下来：“穆医生……”

穆医生……

这家医院最近都归穆医生管……

不会就是那个穆医生吧？

路冬夏觉得自己还是挺聪明的，短短一会儿就摸清了人家半边底细，穆迟深，神经科医生，如她所料，还真是那个穆医生。

冬夏站在医院门口搓了搓手，真是天注定啊，她可不想逆天，怎么着也不能辜负上天这一番美意呢。

于是，冬夏晃着头给陈时肆打了个电话，也不管那边几点，接通就劈头盖脸道：“陈时肆，告诉你一个好消息！”

“……”陈时肆被吵醒，语气有些烦，“你是不是算准了我夜生活的时间过来搅乱的？”

“不是，我有几个问题想问问你。”

“没有，不是，不行。”

“陈十四！”

“好吧，你说。”那边窸窸窣窣一阵，像是在穿衣服。

冬夏想了想：“你觉得我可爱吗？”

“……”很明显的遇到了神经病的感觉。

冬夏说道：“你就给我老实说，说得不好听也没关系。”

“还行吧。”

“那我要是追你，你会接受吗？”

那边猛然传来一阵咳嗽声，半天才缓过气来，他问：“路路，你是不是想明白了，虽然我身家刚起来，你有点想入豪门的嫌疑，不过还好，我还能接受。”

“陈时肆，你是不是倒时差把头跟脚倒反了？”路冬夏气势汹汹，“我就是告诉你，我找到那天救我的人了，我要报恩，以身相许。”

迂腐！陈时肆很不屑，问：“谁？”

“穆迟深。”

穆迟深又是谁？陈时肆说：“路路，你就别乱来了，你上次说要以身相许，人家还没来得及点头，你爸差点没把人家头砍了。”

冬夏心有余悸：“那一次是意外，这一次绝对不会了。”

她又解释：“我跟你讲啊，之前不是想着帮我爸谈一笔生意嘛，后来又仔细想了想，要是直接谈，我这么一个屁事不知道的人肯定谈崩。但是老天看我孝顺就推了我一把，你知道吗，省大附属医院的少爷刚好是上次救我的人！我就想啊，要是冲着报恩的名义接近他，到时候他发现我这么可爱，啥生意还不是水到渠成的事！”

沉默了好一会儿，陈时肆才道：“得了吧，你别这么绕圈子直接说还不成吗，再说你爸又不指望你能做出什么大事，你不给他添乱我觉得叔叔就已经很开心了。”

这么一句话反而激起了冬夏一股子好胜心，她咬牙：“陈时肆，你给我看好了。”

冬夏挂了电话就有了主意，她先去叫号机那边排了个队挂了个号。回头等号的时候还顺路去之前那家面馆买了份打卤面，别人看病送礼她觉得俗气，送一碗面的话应该就是一股清流了，令人印象深刻。

冬夏觉得自己真的是，特别聪明。

冬天的雨很难下下来，天气沉了好几天，这会儿才跟泼水一样，冷飕飕地往下浇。

冬夏买完面回来顶着一腿的湿气，站在医院门口转着伞上的雨珠，一时想什么出神差点甩到人家身上。她道完歉才注意到是一个小姑娘，瘦瘦小小的，脸色有点过分的惨白。

那小姑娘有些紧张地说了句“没关系”，然后快步离开。其实，冬夏也不确定，她刚刚是不是真的说话了。总之觉得自己太胡闹了，好歹得收敛点。

冬夏上了十七楼，离到号还有一段时间，她在神经科诊室外面等了好一会儿。因为天冷怕面凉了，她就紧紧地抱在怀里。

可是……冬夏抬头，又看见了刚刚在门口遇到的那个小姑娘，已经换了衣服，却是病号服，不知道是人太瘦了还是衣服太大了，看起来就像一个偷穿人家衣服的小孩子，站在饮水处一直看着她。

冬夏觉得心里沉了一下，果然是来看病的啊。心里不知为什么觉得有点堵。她犹豫了一下，走过去，站在离小姑娘不远的地方，说："刚刚……对不起啊。"

她又问："你有什么……要帮忙的吗？"

小姑娘似乎是被吓到了，缩着肩往后退了一小步，仿佛她是什么坏人一般。冬夏愣了一下，随即也想明白了，也是，她现在也不怎么敢和陌生人说话，更何况眼前这个看起来才十七八岁的小姑娘。

而且自己从门口就无处不在的，有点涉嫌拐卖未成年少女的嫌疑。

路冬夏笑了笑，一时之间觉得很尴尬，那小姑娘也低下头来，有些紧张地拿着手里的杯子去接水。

"小心烫啊。"冬夏看着温度上的显示，好心提醒，却没想到把人家吓了一跳，手心一抖，眼看着杯子要拿歪，冬夏急忙去扶，哪知道小姑娘像是格外惧怕这种接触一样，猛然缩回了手。这会儿滚烫的热水全洒在冬夏手背了。

“啊！”

轻呼声混着杯子落在地上淅淅沥沥的碎片声音，冬夏甩了甩手，看着那小姑娘瞪着眼睛惊吓过度的样子，问：“你没事吧？”

明明是自己被烫了，干吗要问她有没有事，冬夏觉得自己心可真大。可是相比之下，对面小姑娘脸色苍白，单薄的身子骨就跟被虐待过的一样，的确是人家更需要慰问。

“双双。”小姑娘身子一震，好像是有人叫她。

冬夏侧身看了看她身后叫她的女人，三四十岁，皮肤偏黑。

小姑娘咬着唇说了句对不起，转身就跑了，留下冬夏在原地格外疑惑，怎么会有胆子这么小的人，自己明明长得也挺可爱可亲的啊，怎么就吓到人了呢。

她摸了摸另一只手里拎着的面，还好，热着呢。

冬夏闹了一圈回来已经快到她的号了。

年轻的护士出来喊她的名字，冬夏应了声“到”，把面捧在怀里就小跑着进去了。

可是她看着里面坐着的人，是一个二十几岁的年轻医生，戴着眼镜，有些古怪的蓬松中分头，抿着嘴的时候能看见嘴角的梨窝。

不是穆迟深！

冬夏一时有些蒙，又看了一次自己的挂号单，上面写着穆迟深没错啊，难道是自己消息有误?

“你好？”中分医生先说话了。

冬夏想了想，硬着头皮坐下来，问：“小……穆医生？”

小穆医生……对面的医生嘴角抽搐了一下，说：“穆医生刚刚去给急诊室的病人做检查去了，如果是约好的你可以稍等一下。”

“哦。”冬夏点头，站起来退到一边，还真的做好稍等一下的架势。

那医生盯着她：“你应该是第一次来看病吧，我姓楚，主任医师，从业也好几年了，可以的话有什么问题可以先问我。”

冬夏抱着一碗面看了他半天：“谢谢你啊，我也觉得你应该挺厉害的，可是我这病就留着要问穆医生的，我得见见他。”不然白咒自己一场了，冬夏心里想。

“……”行吧，相思病吧，现在小姑娘真的是无所不用其极了。楚医生无话可说，看了看单子，“那好吧，反正这上午也就你最后一个了，不会耽误，你在这儿等等，我给你叫小穆医生去。”

冬夏抬头看他，眼睛亮亮的一片：“谢谢你呀，楚医生，你人真的特别好，我下次来就送你一面锦旗，给你镶上‘妙手回春’四个镀金大字。”

楚医生站起来的时候重心有些不稳，他又仔细看了路冬夏一眼，还挺有趣的一小姑娘。本来他也就随口一说，这会儿人家都要送他锦旗了，他不真得把穆迟深给找来?

10.

穆迟深正在陪双溪做检查，上午的病人差不多看完了他才过来，才一会儿的工夫就看见她手上红红的一块，问她：“怎么回事？”

穆双溪低着头也解释不清楚，倒是兰姨在旁边说：“刚去接水，不小心给烫的。”

穆迟深没再说什么，带她去休息室，顺路让护士送了烫伤膏过来。

双溪从检查完后就没怎么说话，安安静静地跟着走，安安静静地坐在那里。护士送来药膏也是她自己涂的，冰冰凉凉的感觉在手背上晕开，她终于开口，问：“哥，我是不是可以回学校了？”

“想回去吗？”穆迟深看完手里的报告，问。

穆双溪点头，又摇头，说：“不然总觉得自己和别人不一样。”

就像刚刚看到的那个女孩，应该比她大不了多少吧，手里抱着她最喜欢吃的面，那面脏兮兮的样子和穆迟深每次带回去给她的完全不一样。

兰姨说外面的东西不卫生，细菌病毒太多。可是那个女孩子依旧漂亮健康，眼睛里都是灵动的光，是她从小到大都很羡慕的样子。

穆迟深沉默了一会儿，说：“那我来安排吧。”

穆双溪现在的身体状况的确比以前好了许多，只不过在与人接触上还是有点生疏，所以不管怎样，他还是希望她可以像其他女孩子一样生活，至少是正常地生活。

楚医生找过来的时候，穆迟深正准备送双溪回去。

楚医生靠在门框上象征性地敲了两下门，注意到穆迟深旁边的女孩子，不由得多看了两眼，然后才记起来，说："穆医生，有人找。"

穆迟深"嗯"了一声，侧身挡住楚医生的视线，然后将双溪送到门外："先跟兰姨回去吧，有时间我会回来帮你准备一下上学的事情。"

穆双溪点头，转身的时候视线停了一下，跟某一道目光相撞，是刚刚进来的那人，心里莫名一慌，却格外笃定，她不喜欢这样的眼神。

穆迟深回来的时候楚医生的目光还是很赤裸，他清了清嗓子，问："上午不是都已经看完了？"

"谁知道。"楚医生耸肩，收回视线，"有个小姑娘，穿得跟卖保险似的，赖在诊室等着见你。"

"卖保险？"穆迟深有点没明白。

楚医生笑："挺漂亮一小姑娘，要是真给你卖保险，你就帮帮人家。"

穆迟深进来的时候冬夏正靠在凳子上叹气，这会儿一口气没吐完，就看见门被推开了。穆迟深从外面进来，穿着熨帖的白大褂，露出里面浅色的衬衣和深色的领带。

衣冠楚楚，制服诱惑。冬夏心里没来由地冒出这么两个词，又想到什么似的，耳朵有点热热的。

“喏，我把你的小穆医生给找来了。”楚医生跟在后边，朝着路冬夏眨了眨眼，“别忘了下次给我送锦旗。”

“嘿嘿！”路冬夏笑了两声，朝着穆迟深郑重其事地打招呼，“穆迟深，我抓住你了。”

抓住？除了路冬夏没人明白为什么是抓住。

“楚医生没跟你说医院里不准推销保险？”穆迟深没来由地来了一句。

冬夏没明白过来，楚医生却在后面跳脚了：“穆医生你别拆我台啊，我好不容易帮人一次。”

“什么保险？”冬夏懒得想，又低头看了看自己的衣着，瞬间明白过来，虽然今天出门的时候自己也有这种感觉，可是在看到穆迟深的那一瞬间就不这么想了，脑袋里想的全是，要是扒下穆迟深的白大褂，应该就是情侣装了吧。心里反而喜滋滋的。

冬夏不仅没有跳脚，还镇定自若道：“我不卖保险。”

穆迟深“嗯”了一声，走到桌子边坐下来，等着她继续说下去。

冬夏目光紧跟着他，清了清嗓子接着说：“听说你这儿拐卖人口，我有个姑娘，不知道你看不看得上。”

“……”

“楚医生现在忙吗？”穆迟深低头写着什么东西，头都没抬，又说，“闲的话帮我叫一下保安。”

“好吧，好吧。”冬夏投降，老老实实坐下来，偃旗息鼓，“我是来看病的。”

穆迟深停了手里的笔：“什么问题？”

什么问题，冬夏哪知道穆迟深管哪几种病啊，她眼睛飞快地在周围扫了一眼，说得一本正经：“精……精神问题。”

旁边楚医生一时没忍住笑了出来。

冬夏小心翼翼地看着穆迟深，见他似乎要去拿电话了，急忙扑过去按住，说：“啊，穆医生！我都等你这么久了，找到你也不容易，你这么把我赶走，你的良心难道不会痛吗？”

穆迟深真的挺无奈的，看着她可怜兮兮的样子，又问：“来干什么的？”

冬夏再也不敢乱说了，认真开口：“找你。”末了又加了两个字，“报恩。”

好吧，穆迟深觉得自己可能要投降了，目光落在她的手背上，皱了皱眉。冬夏猛地缩回手，说：“现在是下班时间，我没打扰到你工作，所以就算是普通朋友也可以说说话啊。”

穆迟深站起来，叫住准备溜走的人：“楚医生。”

楚医生还没见穆迟深这么没办法的时候，想留下来看好戏又怕自己耽误了人家两人发挥，正准备走却被叫住。

楚医生站定，说："在的。"

"病人走错了。"穆迟深说，"带她去烫伤科。"

"什么？"楚医生不明白，冬夏却愣了，心里像是被什么撩拨了一下，然后慢慢举起手。

的确是，刚刚热腾腾的开水浇下来，她皮薄，很快起了个水泡，又被蹭来蹭去蹭破了，可是穆迟深什么时候看见的？

冬夏怪不好意思的，低着头站起来像是想了会儿什么，把手里的面递到穆迟深面前："喏。"

浓浓的面味扑过来。

穆迟深看了一会儿，然后接过来，说："谢谢。"

谢谢，谢什么呢！

"应该的。"冬夏笑，然后乖巧地跟在楚医生的后面出了诊室。

外面淅淅沥沥的下雨声，冬夏忽然想到什么，一溜烟儿又冲了进去，趴在门口问："穆医生，下雨了呢，你带伞了吗？"

穆迟深还没明白怎么回事，路冬夏已经把伞给放下了："记得还给我哦。"说完又跑出去，跟在楚医生后面似乎没有离开过。

人与人之间，不就是靠点牵扯嘛，牵扯来牵扯去，感情就出来了。

冬夏拍了拍手，喜滋滋的。

楚医生觉得路冬夏这个人八成是来报复穆迟深的，一定是他之前做过什么坏事。不然这干净体面的小姑娘也不会抱着一碗冷掉的面硬要塞给穆医生，可怜穆医生还得接过来，明明洁癖到不行。

路冬夏问："你们穆医生平时就这么冷吗？"

"还行吧，没注意就还好。"

没注意什么意思？这么大一个人摆在这里，还带看不见的？她想了想，说："我可不行，我要是在这里，眼睛里可全是他。"

"为什么？"

"喜欢呗。"

喜欢？楚医生总结了一下，现在的小姑娘，都很轻浮。

回去后，楚医生把这段话转给了穆迟深，预料之中，对方丝毫不为所动，又膈应着那一碗冷飕飕的面，说："你还真留着这个？"

穆迟深抬起头来，觉得楚医生真的闲到不行，看到他手里的东西，说："忘扔了。"

"那我吃了？"虽然有点冷，但香香的面味还是有的。

"随意。"

楚医生端了打开，一张小卡片顺势掉了出来，他捡起来，是那家面馆的外卖电话，只不过原来的电话号码被画掉了，又用普通的水性笔重新写了一串数字。

楚医生忽然想起什么来，不免有些悚然，那小姑娘，可比看上去要厉害多了。

“路冬夏，你的良心呢？”
“刚刚不是被你骗去了吗？”

第三章
冬暮

11.

冬夏抱着手机等了好几天都没见有人打电话过来喊她送外卖。

准确地说是连个电话都没有，这么看来自己的社交面可真窄。正这么想着，全世界唯一一个会在闲着的时候给她打电话的人就来了，陈时肆。

冬夏盯着手机上的号码：“回国了？”

“怎么样？”陈时肆接起来就问，还挺关心她的。

只不过冬夏显然兴致不高，她把那天的事情给讲了一遍，那边沉默了一会儿，说：“你哪是神经有问题，你是精神有问题。”

陈时肆随即又嘲笑了她那一身行头：“你是去谈生意的还是搞

传销的？你身上那衣服是你爸爸秘书的吧。”

路冬夏似乎能想到他仰着头恨不得把智齿露出来的笑容。

“哎，陈时肆，你是不是三天不打上房揭瓦了？”

“好了好了。”陈时肆那边笑完了，有些喘不上气，“出来吧，我在你家门口。”

“你回来了？”冬夏光着脚跑到阳台上，果然看见楼下停着一辆骚包的迈巴赫，陈时肆就站在旁边，冬季的暖阳落在他的头发上，竟然也有了一种柔软的感觉。

“嗯。”他眨了眨眼，朝她招手，“不是没精神吗，带你出去神经神经。”

“神经病。”冬夏挂了电话，白眼都快翻上天了。回头又觉得，明明才两个星期不见，陈时肆怎么好像忽然变沧桑了许多。

疾驰的车上。

冬夏还是忍不住开口，问：“你没事吧？”那些陈时肆从来不跟她提的，关于他妈妈的事情，她还是知道一点的，“陈阿姨她……”

“怎么，觉得我在无事献殷勤吗？”陈时肆好像没听见后面半句话似的，不甚在意地说，“这么久不见你就不想我？”

“就是觉得你仿佛受到了帝国主义无尽的摧残。”冬夏又看了他一眼，既然不想说就不说了，于是又开始浪言浪语，“跟快‘精尽人亡’似的。”

陈时肆盯了她半天，说："路路，你说话怎么越来越欠呢？"

还不是俗话说得好，疯子一起疯，跛子一起跛。冬夏觉得陈时肆在旁边的时候，自己说起话来简直毁天灭地。

一路风驰电掣，可是车子走到一宫路这一块就开始水泄不通了。冬夏闲得无聊，靠在车窗上看着外面的建筑，都是很普遍很日式的小楼，傍晚的街道有些异样的冷清，仿佛是暴风雨前的平静一般。

据说，这条路以前也是挺普通一地方，因为离春潮路比较近，借着它的光连带发展，这几年就成了远近闻名的歌舞伎町一番街。

不管是春潮路、一宫路，还是陈时肆，这世界上的大多数变化都是来得猝不及防又毫无章法的。或许在时间的节点上，有一个小小的齿轮，它慢慢转动，就悄悄改变了所有。

冬夏自始至终都不知道，对于陈时肆来说，那个齿轮究竟是什么。

车子停在一家酒吧前，别具一格的木房子，精致的装修和古老的本质互相冲撞，在这个钢筋混凝土的城市里，就有点过分的做作了。

冬夏看着门口木匾上的几个字："四方有羡？"

"就是这里了。"陈时肆说。

冬夏偏着脑袋看了他半天，说："陈十四，我未成年，你别糟蹋我。"

"？"什么叫糟蹋？陈时肆下车，"我不糟蹋你，践踏或者蹂躏都是比较绅士的做法，你选一个吧。"

“那你等死吧。”

冬夏“啪”的一声关上车门，丝毫不在意这车是不是他新买的。

倒是陈时肆有一种心口被车门夹住的感觉，他搓牙：“行的，你特别行。”

冬夏拍了拍手，忽然想起什么来，问：“陈时肆，你不会又是来相亲的吧……”

陈时肆摊手，不置可否。

怎么就被他沧桑的表情给骗到了呢，路冬夏追悔莫及，这已经不是第一次了，除了他稍微中意点的，只要是他不喜欢的，路冬夏一般是头号挡箭牌。要么扮演他可爱漂亮的情人，要么是蛮横任性的妹妹，总之，戏路很广。

路冬夏认命:“行吧,要不这次我当你爸爸吧。父母之命媒妁之言，我说不行就不行。”

陈时肆一把推开她的头：“进来，别说话。”

很烦，路冬夏整理了下一身行头，昂起头故作姿态，既然陈时肆这么不客气，这一次就打个折吧，她决定演他姑姑。

毕竟才晚上六点不到，酒吧里还是很冷清的景象。冬夏进来只看见吧台上坐着的一两个人，然后就是玩弄技巧的酒保小哥哥。

一套深水炸弹，“嘭”的一声，冬夏在心里暗暗叫好，却没注意陈时肆那边，一个分神居然被一把按到了吧台上：“干……”

“闭嘴。”陈时肆一手按着她，一手靠在台子上，朝着酒保笑，“来杯果汁，谢谢。”又靠近路冬夏耳边，“别说话。”

末了，他又补充：“求你了。”

冬夏这才觉得受用，眼睛转悠悠的，视线落在一个点，透过酒架上擦得锃亮的高脚杯，她才看见身后角落里坐着的女人，盘起的头发，露出精致的侧脸弧线，浅咖色的大衣在酒吧独特的灯光下泛着一种格外柔和的光。不管是衣着还是品位，这个女人跟上次那个树袋熊完全是不一样的类型。

但是这个看起来……冬夏揉了揉眼睛，没看错吧！这个怎么就觉得，能当陈时肆妈妈了呢？

冬夏有点受惊：“陈时肆……你心智还健全吧。”

“挺好的，”陈时肆要了杯黑啤，“别想了，是我爸情妇。”

冬夏一口橙汁差点喷出来，说：“陈叔叔？”

“不然是你？”陈时肆翻了个白眼过去，“真把你当我爸了？”

“那你来干什么，你不会是想……”从你爸那儿把她抢过来吧！冬夏没说出来，陈时肆却看懂了：“路路，我不在的时候你都在看什么？泰国伦理剧吗？”

“没有。”路冬夏整理了一下表情，好歹也不小了，要拥有处变不惊的态度，她抿了抿手里的橙汁，觉得不够味，顺手把陈时肆的杯子给摸了过来，“说吧。”

陈时肆似乎真的陷入了某种感情漩涡中，也没注意路冬夏，低着头缓声说："说什么，我爸妈还没离婚他们就在一起了，现在两人合理合法，挺好的啊。"

……

"那你来干什么？"冬夏觉得这种黑漆漆的液体真的是辣喉咙，缓了缓说，"给她下马威？"

"反了。"陈时肆说，"是她约的我，估计想给我一个下马威。"

冬夏偷偷又看了那女人一眼，怎么看都觉得不像坏人，可是再看两眼，又觉得电视里面这种举止优雅恬静从容的女人其实都有一肚子蛇蝎心肠。

太复杂了，真的是太复杂了。冬夏忽然觉得心里有点堵，她拍了拍陈时肆的肩："陈时肆，虽然世道变得快，但是我俩小时候也做过春朝路小霸王的，谢谢你带我过来，你要是不打女人就让我来，我给她开瓢。"

"……"陈时肆看了路冬夏半天，"你是不是喝橙汁喝醉了？"

"哪能呢！"

12.

方羡是开车去接的穆迟深，今天是穆迟深妈妈的生日，也是他爸把那女人带回家的日子。穆迟深一个人在墓园待了一天，医院那边也是请了好几天假没去上班。

穆迟深坐在后面，一言不发，整个人萦绕着一种淡淡的肃穆味儿。方羡叹了口气，这会儿也不得不承认，穆迟深这人哪里都好，就是容易沉在一件事里出不来。不管是他妈妈还是穆双溪。

他其实从头到尾都把所有的过错揽在自己身上，也从来不让人看见他心里压着的那些痛苦，就像明明背着一座山，还要故作轻松。方羡觉得穆迟深就像是移山的愚公，一整座一整座地搬，却全压在了自己最柔软的地方。

就是单纯的又傻又固执，跟啥引申义无关。

方羡说：“去我那儿？”

穆迟深没应，他又接着说：“藏了好几年的酒，算得上我全部家当了，一直想着我结婚了再给挖出来的，现在算是我这个舅舅逗外甥开心了。”

“方羡。”穆迟深忽然开口。

方羡有点受宠若惊，没想到穆迟深会搭理自己，于是立马端正了视线从后视镜里看他，像是老旧社会的司机看着自家主子，恨不得要说上两个字——您说。

如愿以偿，穆迟深说：“你窖子里藏的那几瓶酒，我上次去给拿了，忘了跟你说。”

“？”

敢情他家酒吧早就空了，镇店之宝都被人给搬了，还整天打着珍藏百年亚洲大陆仅此一家的虚假广告？

方羡点头，咬牙笑：“还行吧？”

“没差。”

算了，就这么一个外甥。

不知道是不是天气渐渐回暖的原因，最近四方有羡的生意比前几天好了很多，就连来的客人感觉都比以前阔绰了。

他们回来时，恰好是酒吧正热闹的时候，舞池已经是群魔乱舞的状态了。方羡正想着给穆迟深带到包厢去，可这小子却比自己还要轻车熟路地走进了大厅。

其实别看穆迟深一脸十八禁忌、万事无动于衷不在意的样子，有时候比谁都要擅于寻求刺激。

不过，方羡看穆迟深停下步子的时候，就知道好玩了。

他顺着穆迟深的目光看过去，吧台上坐着一个小姑娘，不知道是闷的还是喝的，双颊绯红，笑嘻嘻的样子和整间酒吧的气氛格格不入。旁边还围着几个很明显心思不轨的人，不知道在聊什么，总之就跟骗未成年似的。

方羡问：“你朋友？”

穆迟深看了他一眼，不知道说了句什么，随即朝那边走去。方羡觉得，在这种音乐和人声大到空气里每个因子都在颤抖的时候，穆迟深的每一步都走得特别稳，他就是冲着她去的。

不对，那小姑娘……方羡似乎想起什么来，眉心的“川”字渐渐散开，行吧，很久没有跟自己外甥好好玩玩了。

冬夏正看酒保小哥哥给她表演一套红树银花呢，线香花火般的荧光在透明的玻璃杯里炸开，她还没来得及鼓掌，就看见一杯牛奶被推到了自己面前，刚刚还围着自己的几个大兄弟表情僵了两下，忽然就散了。

她还以为陈时肆已经聊完回来了，可回过头就愣住了。

穆迟深?

冬夏看了一眼手里的酒杯，不知道怎么有一种真真切切被捉奸在床的感觉，于是举着杯子的手又老老实实地放下去，说："穆医生……"

"我叫穆迟深。"

酒吧音乐忽然舒缓下来，冬夏就听见了这么一句。

穆迟深，迟日忽觉夏已深的穆迟深。她早就打听过八百遍了，也在心里默念了九百九十九遍，到最后终于等到他亲自来说。功夫不负有心人，冬夏笑："我叫路冬夏，因为我是春天生的。"

……

穆迟深没说话，在她旁边坐下来，顺手拿了她刚刚放下的酒杯。

"那是我的……"冬夏总觉得穆迟深今天有点不太一样，好像急需借酒消愁的样子，所以只能眼睁睁地看着他就这么喝了她求了好久才求来的一杯酒，不过也只能妥协，小声嘀咕："算了吧，既然喝了我的酒，就得跟我做朋友。”这么一说出口居然觉得还挺押韵的。

于是，她又喊了酒保：“我要一杯……”她想了半天，从脑袋里想出仅剩有关鸡尾酒的词汇，“甜蜜爱情。”

什么甜蜜爱情，酒保小哥哥正苦恼着，这边老板就过来了，方羡嘴角意味不明地笑着：“那两位客人的酒我来。”

冬夏从这个角度其实能看见方羡那边的，可是现在哪有心思去管别的，穆迟深看着她：“路冬夏，为什么哪儿都有你？”

冬夏被这一声正儿八经叫自己名字的声音迷得七荤八素的，手撑着台子才让自己镇定下来：“因为，哪儿都有你啊。”

没毛病，明明每次都是她先来的，然后他才出现的。不过好歹是酒吧，冬夏觉得自己刚刚说什么他可能没听见，于是借着背景音乐更加嚣张地喊了一句：“因为喜欢你啊！”

“……”

“……”

冬夏觉得他应该听不见，可是很明显穆迟深听见了，嘴角笑起来，祸害遗千年。然后，他把牛奶递过来，说：“喝了就回去吧，这里以后别来了。”

冬夏想着反正也被他听见自己胡言乱语了，索性一不做二不休，说：“我醉得不认识回家的路了。”

“我可以帮你叫出租车。”

“你不亲自送我吗？”冬夏又补充了一句，“我要是又被骗了怎么办？”

“我就不会骗你？”

“你无所谓啊，心都给你好了，你尽管糟蹋。”

“……”

挺好的，行的。路冬夏这辈子最擅长一本正经地死缠烂打。恰好酒保这会儿把她要的什么“甜蜜爱情”给送来了，她接过来递给穆迟深：“我请你。”

穆迟深的目光从她手里的酒杯移到她的眼睛，然后接了过来。

冬夏手心都出汗了，也不知道为什么被穆迟深看了一眼自己就给看紧张了。她撑着头在一边看他，说：“穆迟深，医生不是不能喝酒吗？我抓住你把柄了。”

她又说：“算了，你喝吧，回头你醉了我就送你回去，我可以帮你叫出租车。”

可是，穆迟深喉结微动，冬夏似乎能想到那冰冷的液体刺激着他的神经。他今天看起来，真的是很不一样，仿佛身体里有一个磁场，之前都是安安静静不作为，而今天像是忽然接入了电极。

冬夏也不知道自己为什么忽然会有这样的想法，只觉得这样的侧影让她觉得心疼。好看的人应该都像陈时肆那样花里胡哨的，而不是独自一人去诠释“借酒消愁”这个词。

旁边的男人似乎实在是看不下去了，说：“小美女，人家一人饮酒醉，你就跟我喝一杯吧。”

冬夏回头看了那人一眼，又看着他递过来的杯子，当她傻啊谁递过来的都敢接。好歹这么多年就算出身名门也曾混迹于市井，该有的常识和防备心还是有的，更何况还经历上一次差点被强行拐卖的事。

所以，就算这人刚刚说的一句特别押韵的话还挺合她心意的，也骗不了她。

冬夏笑，刚准备侮辱一番，忽然想起什么来，人在强有力的磁场下总是会产生一点出格的想法的，她眼睛一转，继续笑：“谢谢你啊。”说着就要接过来，一、二、三……果然，手上一凉，穆迟深夺过了她手上的杯子，随手泼在地上，看着那男人，说：“这一杯算我请你。”

“你！”男人想闹事，但是看着穆迟深阴郁的眼神又有点从了，一甩手把刚到嘴边的话又咽了回去，“算了！”

“哎，别走啊！”路冬夏抿着嘴偷笑，心里得意得不行，这不是还挺关心我的嘛，装什么呀！这么想着心里觉得甜滋滋的，她转过身却故意瞪着穆迟深，“你喝了我的酒，又不跟我做朋友，还妨碍我交朋友！”

穆迟深觉得头有点疼了，说：“路冬夏，我送你回去吧。”

“行吧。”我送你，这几个字多么好听。路冬夏兴致勃勃地站起来，觉得自己可真好说话，又温柔又体贴。所以这会儿压根没注意到什么，只觉得眼角瞥见一道艳丽的身影以及闻到一股熏人的香味，然后就是转瞬之间的事。

穆迟深温热的手掌按住她的后脑勺，微微用力，侧身把她带进自己的怀里。尽管护住了一大半，可是冰凉的液体还是溅到了冬夏脸上。

并没有预想中的疼痛，丝丝甜味混着酒精味钻入鼻翼，就是酒而已，冬夏觉得自己可能真是电视剧看多了，还以为是谁给她泼硫酸呢。

她红着脸退开点，抬眼看着穆迟深紧皱的眉头，还有他衣服上大片的酒渍，花了一会儿镇定自己的心跳，最后只得转移注意力，气势汹汹地朝着对面行走的“香水瓶”，问：“你为什么泼我？”

“哼！”鼻腔里发出来的声音，“想泼就泼了。”

想泼就泼，行吧，挺有道理的。路冬夏想发脾气来着，对面“香水瓶”却先行一步，举着手就要抽过来。她压根还没明白怎么一回事呢，扬起手反手对抽过去。

这一下预期的疼痛并没有落到自己脸上，而“啪”的一声震颤的尾音还是在空气中凝固了。

穆迟深抓着那人的手，低沉的声音格外清晰，问路冬夏：“没事？”

没……没，路冬夏摇头，讲真她确实有点蒙了，不过真的没事，有事的是对面的“香水瓶”，人家一掌没有下来，她一掌却是真真打人家脸上了。

完了，她脸上的粉贵不贵啊，冬夏觉得自己要被吓哭了，眨着眨着眼睛眼泪就要流出来了。

“你！你真打我？”“香水瓶”显然觉得更不可思议，而且自己是被打的哎，她为什么有脸哭？

这一点穆迟深也很困惑，他松开手，温柔而又儒雅地道歉：“对不起，不知道她有什么得罪你的地方，不过就这么冒冒失失地过来又泼又打确实不是我能容忍你对她做的事情。”

“我……我……”“香水瓶”瞬间失去了刚刚的气势，眼神一瞬间仓皇起来，她……她能怎么办啊，她也是受人之托，来演个戏啊！可是跟剧本说的不一样啊。

吧台后面的小酒保问老板方羡：“老板，那不是……不是……隔壁酒吧的老板娘吗？”

方羡扶额：“是的吧……”

“那她在我们这里挨打了……”

“是的。”

方羡本来只是请人家过来演个戏而已，假装闹一下，哪里知道穆迟深那边的小姑娘看起来又弱又小，下起手来却毫不含糊。

看来穆迟深今天又得完了，方羡擦着手里的玻璃杯，耸肩：“随他们吧，毕竟是缘分。”

13.

冬夏反应过来的时候，自己已经无路可走了。

四方有羡门口围了一群人，个个凶神恶煞举着狼牙棒，渐渐朝她聚拢过来。

冬夏真要哭了，她哪里知道刚刚那位“香水瓶”还是人家酒吧的老板娘，现在人家老板找上门来，她也没法解释啊。

冬夏扯着穆迟深的袖子，小声说：“穆迟深，是不是你泡了别人老板娘，现在人家就是冲着你来的吧，跟我没关系吧。我刚刚还莫名其妙挨了一杯酒呢……”

穆迟深眯着眼睛看她，好心提醒：“打人的是你。”

“那还不是因为你拦着人家。”

“路冬夏，你的良心呢？”

“刚刚不是被你骗去了吗？”

“谁在我的地方打我的人，当我瞎的吗？！”两人的对话还没进行完就出现一声低吼，冬夏被吓得一愣，看着穆迟深眼泪唰地就流出来了。

……

怪不得人家说女孩子都是水做的，现在看来也没错，怎么会有这么爱哭的姑娘？穆迟深叹了口气，头有点昏昏沉沉的，说：“路冬夏，你跑吧。”

“嗯？”

“路路！”酒吧一瞬间混乱得如同一锅粥，冬夏觉得自己好像听见了陈时肆的声音，忽然有点乐观了，毕竟多个人好歹也多点底气，至少待会儿挨打的时候可以撑久一点，最起码可以撑到警察来吧。

冬夏擦了把眼泪，还没睁眼就发现自己被人拉着跑了。

“陈时肆！”

冬夏一路被拖着挤出人群，又一路被拉着狂奔，陈时肆在她前面带着她跑的样子，宛如身后就是世界末日，有一种接近极限的感觉。

怎么跟想的不一样！

“不行了，不行了，陈时肆，我跑不动了。”冬夏恨不得跪在地上了。

陈时肆才终于停下来，喘了会儿气，声音却很平静，问：“路路，你干什么了？”

路冬夏说不上话来，只能撑着膝盖摆手：“没……”

“没干什么那么大一群人围着你，你在玩猴耍吗？”

陈时肆和那个女人谈得并不怎么愉快，很多次想把眼前的酒水泼到对面女人虚伪的面具上时，眼角总能瞥见路冬夏的背影。

又傻又闹腾，想想就觉得心情还不错，不自觉地就把不愉快给压了下去。

可是再看过去的时候，路冬夏就没影了，他心里一慌，路路？

陈时肆到门口的时候就看见路冬夏在人群里抹眼泪，于是想都没想把她一把拉了出来。

刚刚那个女人都没让他觉得烦，这会儿自己却让自己烦了，要不是自己疏忽，怎么会没注意发生了什么，让路路一个人被吓哭。

陈时肆觉得自己真的挺差劲的。

路冬夏却早就喘完了，说："我以为你来是给我出气的，可是你居然是带着我喘气的！你什么意思啊？"

"路路，你看那些人，哪一个不是有点身手的，我俩再怎么也打不过十八罗汉啊。"

那他呢？冬夏心里一沉，她跑了，那穆迟深呢？

冬夏想着就要往回走，却又被陈时肆抓住："你去哪儿？"

"你跑的时候有没有看见一个人，就是跟我站在一起的。"

陈时肆想了想，那么多人，围着她的都跟她站在一起，他哪能注意。

冬夏却急了："不行的，我得回去找他，不然他就被打死了！"

"谁？"

"穆迟深！"

穆迟深又是谁？陈时肆想了想，不对，穆迟深到底是谁？

冬夏跑回去的时候已经散场了，地上寥寥几片叶子，有一种知交半零落的凄凉味儿。

四方有羡也已经关门了，只剩一盏昏黄的灯和酒保收拾着残局的背影。

冬夏跑过去拍门，力气完全不像个姑娘。

陈时肆拦住她："谁大半夜敲人家不做生意的门。"

冬夏回头瞪他："要是出了事你必须得背锅。"

陈时肆投降，刚好门也开了，酒保站在门口，说："小姐，不好意思啊，这里关门了，你明天再来吧。"

冬夏抓住他："不是，就是刚刚在你们家门口闹事的人呢？"

"闹完了。"

当然知道闹完了，可是，人呢?

"路……冬夏？"

路冬夏听见有人叫她，还是酒吧里面传出来的声音，她看进去，是一个穿着黑色衬衣的男人，戴着金丝边眼镜，人模狗样的，正长腿阔步地往这边走来。

怎么，最近是要开光了还是什么，总是有这种不认识的帅哥认识自己。

陈时肆环着手靠在一边，眼睛都懒得抬，问："穆迟深？"

"你好，我叫方羡，这家酒吧的老板。"方羡走过来，又客气又温柔，看着路冬夏说，"你找刚刚和你一起的那位小……先生吧。"

冬夏没有注意到他语气中的迟钝，急忙点头："是的，他在哪里啊，他有没有事啊！”

当然没事，方羡心里想，本来还想着这事最后还得自己出面，可是不知道那小子说了什么，等他过去的时候，隔壁酒吧老板已经带着老板娘走了。

只剩下穆迟深揉着额角，一副醉到不行的样子。

也是，方羡都下那么重的手，度数放倒一头牛都没问题的，可是他没想到路冬夏那个小姑娘总是不按常理出牌，他花多大力气制造的机会啊，她就这么跑了？

反正最后也闹得难收场，方羡索性就免了今天酒水费关门了。

至于穆迟深，方羡皱了皱眉，说：“那位先生伤得不轻，但是我们这里也不是什么福利机构，就把他扔停车场了。”

“扔……停车场？”冬夏急了，“你们怎么这样子啊？有本事你扔到垃圾堆啊！”说完掉头就跑，陈时肆在后面叫都叫不应。

方羡就不明白了，这是怪他没有把人扔到垃圾堆，还是气他把人给扔了？他觉得好笑，这才发现有人还没走。

“不跟上去？”方羡问。

陈时肆眯着眼睛看了他好久，才说：“你和那个叫穆迟深的是什么关系？”

方羡心里一顿，看出来了？脸上却不动声色地笑。

陈时肆说：“我们路路傻，你也就骗骗她，不过……”他眼睛环视了一圈，又接着说，“也就这么一次。下一次我就把这儿给拆了。”

方羡觉得好笑，这群人怎么都这么好玩儿呢。

本来走了两步的陈时肆又忽然停下来，他回过头说：“你别不信，我们路路家真是拆迁大队的。”

冬夏果然在停车场找到穆迟深了，他坐在地上，靠着一辆黑色车，似乎是晕了过去。

“穆迟深！”冬夏跑过去，仔细地看了看，身上没有伤啊，那到底伤哪儿了？

“你难道看不出来，他只是喝醉了？”陈时肆的声音在后面悠悠响起来。

冬夏回头瞪他：“那你还不过来帮我！”

陈时肆无奈，走过来看了一眼地上的人，有点眼熟：“这就是穆迟深？”不知道怎么觉得心里有点慌了，这种慌乱，来源于发自心底的一种恐惧，他即将失去路冬夏的恐惧。

陈时肆觉得莫名其妙。

冬夏没理他，正在拼命地把人扶起来。

陈时肆叹气，定了定神，走过去帮她扶起穆迟深，往车里走去。

冬夏顿时觉得身上轻松了许多，跟在陈时肆后面，问：“陈时肆，我们去哪儿？”

“能去哪儿，不准扔在路边，还不让扔到酒店？”

“不用去医院吗？”

“路路，你相信我，这真的只是喝醉了而已。”

可是站在酒店大堂的时候，陈时肆就觉得很头大了，自己身上手机钱包什么的都不见了，大概是在酒吧太混乱被摸走了。而路冬夏，陈时肆看了她一眼，她说：“你又不是不知道，我身上从来不超过一百块钱的。”

关键是她还没带手机出门，陈时肆有点愁，问：“怎么办？”

“回家呗。”冬夏毫不介意，“反正我爸也不在家，就去我家住一晚呗。”

14.

穆迟深觉得自从遇到了路冬夏之后人生就有点乱了，至少在过去的二十七年中，他从来没有醒在一个自己不知道的地方，也没有就这么不知不觉就睡了过去。

他坐起来，头有点痛，还没想起来发生了什么，路冬夏就进来了。

“你醒啦。”

路冬夏在门口探头探脑，穆迟深有点疑惑地看着她，光一个眼神都足够让她兴致勃勃解释好久了：“你昨天被人打了，扔在了路边，然后我把你捡回来了。”

捡？

“对啊，是不是很浪漫，很有电视剧的发展方向。”冬夏一本正经，“这里是我家，你现在在我家。”

这里当然不是她家，后来陈时肆虽然妥协了，但条件是把穆迟深带到他们家，说好歹是男女有别。

冬夏觉得陈时肆思想怎么还那么迂腐，不过也只能这样答应了。

她看着穆迟深紧皱的眉头，说：“不过你放心，我暂时还没有对你做什么。”

“……”穆迟深掀了被子，整理着衣服，忽然想起什么来，看着路冬夏，“路冬夏。”

“嗯？”路冬夏忽然之间变得很僵硬。

“我记得你昨天晚上跑了。”穆迟深说得不缓不慢的，却让冬夏的心怦怦地跳起来，也不知道是他刚睡醒的嗓音太好听还是整理袖子的样子太迷人。

冬夏解释：“是你让我跑的。”

的确有这么回事，可是后来呢？穆迟深说：“我只是喝了点酒，不是失忆。”

好吧。冬夏坦白：“我是被人拉走的，不是我要跑的，后来回来时，酒吧老板就说把你扔到了停车场。

“我真的是去停车场把你捡回来的。”

酒吧老板，很好。穆迟深眼神沉了一下，问：“我的手机呢？”

“这里。”冬夏特别狗腿地跑到旁边衣架上连着外套一起取给他。

穆迟深接过来，也没说什么。

冬夏就站在一边小心翼翼地看着他的侧影，冬日清晨特有的阳光洒进来，照得他整个人暖融融的，要命，真好看。

“你不走？”穆迟深忽然开口，吓了冬夏一跳。

她笑：“噢，那我在外面等你吃早餐。”

穆迟深给方羡打电话的时候那边才刚起来，穆迟深喊：“方羡。”

这两个字却让对方毛骨悚然，方羡清了清嗓子，装无辜，问：“你昨晚去哪儿了？”

穆迟深停了一下，说：“你过来接一下我。”

这下方羡是真怕了，谁不知道穆迟深什么都不说的时候是最令人恐惧的，这么看他八成已经知道自己的小动作了，这下完了。方羡心里想，总觉得穆迟深又得阴自己一次。

这下可能得开飞机去接他了。

穆迟深下来的时候冬夏正咬着勺子，她给陈时肆发消息警告他不准出来。毕竟她可不想让穆迟深觉得她身边有一个很烦的人，沆瀣一气，那样穆迟深会对她印象不好的。

尽管自己想一下就能发现，她真没给穆迟深留下过好印象，又傻又蠢又爱哭，还打女人，还贪生怕死，完了。

冬夏说：“吃早餐吧。”末了又补充，“我做的。”

嗯，切好的吐司摆了个盘，现成的牛奶倒进了杯子里，可以的。

穆迟深走下来，说：“不用了，谢谢。”

怎么能不吃早餐呢！冬夏站起来，本来想拍桌子质问的，后来居然成了闷在嗓子眼的嘀咕：“你为什么老拒绝我？”

穆迟深愣了一下，说：“路冬夏，虽然不知道是哪里有问题，不过我没记错的话我们应该不太熟。”

“嗯？”

“之前是因为我帮了你，昨天晚上你虽然跑得快，但是没让我睡在停车场也算是还了我一次。”穆迟深说，忽然又想起什么来，“不过，还是谢谢你。”

“……”冬夏忽然觉得很难过，可是没问题啊，穆迟深说的每一句话都没问题。本来就不熟。

不过这不是问题啊！

陈时肆被闷在房间里很久，给路冬夏发消息她又不回，后来还以为出什么事了，急急忙忙冲出来才看见路冬夏抱着枕头缩在阳台上。

睡着了？陈时肆准备喊一声的，可心里却像是被什么碰了一下，路冬夏整个身子蜷在一起，阳光懒洋洋地洒在她身上，看起来像是一只慵懒的小猫。

车子的引擎声响起来，陈时肆只看见了穆迟深上了车的背影，车子扬长而去，却忽然记起来他是谁了。

穆迟深，原来是他啊。怪不得，还想着那家医院真不得了，连保安都能秒杀他。

陈时肆叹了口气，走过去在她身边坐下来，说："路路，你还记不记得一开始为什么找他吗？"

"记得啊。"路冬夏果然是没睡着的，睁着眼睛一眨一眨的，"为了部落，为了我爸的富强繁荣。"

"那现在呢？"

"什么？"路冬夏抱着枕头坐起来。

陈时肆不知道在看哪里，问："路路，你喜欢他吗？"

"喜欢啊。"路冬夏觉得耳朵有些烫，可是没毛病，喜欢就是喜欢。

陈时肆沉默了一会儿，说："路路啊，我明白的，成年男女之间看到好看的合自己眼缘的动心是很正常的一件事。"

"是啊，你动心了？"冬夏真搞不明白陈时肆装什么哲学家，斜着眼睛看他。

陈时肆回看："偶尔吧。"

很奇怪，明明习以为常，可有时候莫名其妙，心就这么忽然跳了起来。陈时肆说："路路，我还没见过你谈恋爱的样子。"

路冬夏笑，露着牙齿："嘿嘿，马上就要见到了。"她忽然站起来，斗志昂扬，不熟没关系啊，追一追就熟了嘛。

日久天长，还怕生米煮不成熟饭？

我，路冬夏，二十岁，有点聪明非常可爱，乖巧懂事值得信赖，优点是善于发现自己的缺点，缺点是数不清自己有多少优点。

第四章
早春

15.

楚医生发现最近穆迟深的办公室经常收到一些莫名其妙的信件。

他无聊的时候偷偷看了眼，白色的信封，前面几个蹩脚的海报字体写着三个字“举报信”。

穆医生不就休了个小长假回来，这是得罪谁了，天天给寄举报信。楚医生问：“穆医生，是不是病人家属闹事啊？”

不过也没道理啊，穆迟深从业几年来，都只有病人家属来医院门口飞龙舞狮放鞭炮谢天谢地的时候，这样举报他的还真是没遇见过。

穆迟深倒一副不在意的样子，说：“放那儿吧。”

“要不要叫警察？”

“不用。”穆迟深从病历中抬起头，“警察管不了，得人贩子管。”

什么意思？

楚医生真觉得这事应该好好处理一下，毕竟穆迟深最近正在评教授职称，虽然在病理课题上占有很大的优势，但是病人评价上也不能出这样的岔子啊。

不过想了想又觉得不对，谁寄举报信会直接寄给要举报的人，而且还是这么不规范不正式像是闹着玩的东西。

闹着玩……想到这里，楚医生脑袋里忽然闪出一个人。

穆迟深下午的时候又收到一封信，最近一周都是一天一封，今天还两封了。他随手打开抽屉扔进去，满满当当快铺满底了。

其实第一次有人送进来的时候他就知道是谁了，封面上歪歪扭扭的几个字，挺像她风格的。

而且信封里面什么都没有，只有一串数字，是手机号。

陈时肆有时候真不理解路冬夏的举动，他看了好几天了，说：“你每天寄信累不累，你就不能正儿八经走到医院站在他面前吗？”

“你怎么这么不懂事呢？”路冬夏反而教训起他来了，“贸然闯进人家医院，跟医闹一样，我可是社会主义高素质公民，跟你这种是不一样的。”

不一样？哪儿不一样？上一次还不是说自己有神经病跑到人家办公室了，结果还碰了一鼻子灰，不就是吃瘪了不敢再来了？这么长一串，陈时肆没敢说。

他笑："好吧路路，我觉得你说得特别有道理。"

冬夏心虚，恰好手机响了起来，一串陌生的号码，啊！

她得意扬扬，说："你看吧，我做的总是有道理的。"

她兴致勃勃地接起来："你好，就是我，路冬夏，你可以亲切地称呼我为路路。"

陈时肆很不屑地看了她好几眼，却眼看着刚刚还恨不得原地起飞的路小姐一张脸马上就拉下来了。

"怎么？"陈时肆问。

冬夏没说话，开了扩音："您好，请问您平时出行是走路还是车行呢？"

陈时肆忍住没笑。

冬夏把手机搁在地上，耷拉着脑袋说："开飞机。"

"那请问您平时逛街是用什么交通工具的呢？"

"轮椅。"

"……"那边终于忍不了，挂了电话。冬夏叹气，这事就跟考研出成绩一样，看到分数是恨不得立马放烟花，可是再看根本就不是自己的名字。天堂地狱也就这么一瞬间的事。

而另外一边，挂了电话的酒吧小保对着面前的男人，说道：“挂了。”

“再打一次。”穆迟深抿了口酒，不慌不忙，一副看好戏的样子。

小酒保乖得不得了，照着又打了一次，果然：“穆医生，拉黑了。”

“没事。”

哦，小酒保乖巧地放下手机，心里却惊讶得不得了，穆……穆医生居然笑了？

方羡停车的时候看见酒吧有人，还奇怪谁大白天的来喝酒，进来才看见是他的好外甥呢。

这下完了，上一次的账还没算呢，总之他还不敢掉以轻心。方羡走过去，仔细看了看穆迟深旁边的酒瓶，还好，还好，深呼一口气，说：“怎么这个时候来了？”

“看看你。”穆迟深说得轻巧。

方羡心里一沉：“看我，我有什么好看的？”

“也是，没什么好看的，那我可能就是有别的事情了。”

“别了。”方羡恨不得甩着头说“不”，“你还是看看我吧，这样吧，我刚刚从英国人家私人酒庄弄回来的酒，也就这么一瓶，要不，您先品品？”

“行吧。”穆迟深点头，方羡如临大赦。

下酒窖的时候，小酒保跟着方羡一起。

方羡问："他什么时候来的？"

"一个小时前吧。"

"就喝酒？"方羡觉得穆迟深有点高深莫测，最起码得弄清楚他今天心情怎么样，可别拔了龙王的胡须。

小酒保想了想，说："差不多吧，也不是，还让我打了一个莫名其妙的电话。"

电话?

方羡听完后立马放下手中的酒，给换了一瓶。怎么，哪有月老送酒的，这小子不给他端茶送水还想讹他一笔?

方羡出来的时候穆迟深也没有刻意去要他手里的酒，他坐下来，正准备开口，穆迟深先说话了："双溪过两天可能要回学校了。"

"没问题？"方羡有点意外，他原本以为双溪是不愿意去学校的。

穆迟深说："你在城北的那套房子空着吧？"

"嗯。"

"我打算让双溪先住那边。"穆迟深没有再多说。方羡也明白，那个女人已经住了进去，双溪待在那个家里自然是不开心的。可是事情好像并没有这么简单。

穆迟深沉默了一会儿，说："方羡，我爸医院可能要出问题了。"

16.

路冬夏开学那天是她爸爸亲自送她过去的。

路毋庸在车上交代了半天："路路，爸爸最近可能很忙，回家可能也少，你在家在学校都乖一点啊。"

"放心吧，爸爸，我可乖了。"路冬夏拍胸脯保证，"而且我下半年就研究生毕业了，到时候肯定为你的厂添砖加瓦，振兴中华。"

路毋庸笑，慈眉善目，除了额头上的疤，完全看不出来这样一个温和的中年人以前居然是黑社会一条龙。

"好的，到时候我厂好歹有个高材生了。"路毋庸很欣慰，"在家记得按时吃药，别吃外面的东西。"

"嗯，知道了！"路冬夏说着已经冲下了车，其实对她这种老油条来说完全没有来学校的必要，只不过是为了让自己看起来省心一点而已。

冬夏正想着要不要给陈时肆打电话约出来玩，却在管理学院门口看见了一道熟悉的身影，还好记性好没想太久。

是那天在医院碰见的小姑娘，看上去气色已经好了很多，孤零零地站在那里应该是在等谁。

冬夏正犹豫着要不要过去打个招呼，却看见另外一个女孩已经先过去了，不知道说了什么，只见那个小姑娘的表情渐渐变得僵硬，似乎是格外恐惧一般。

这不是欺负人吗?

冬夏二活没说走上去，一副凶神恶煞的表情挡在小姑娘前面。

对面的女孩上下瞟了她一眼，问：“你是谁？”

“路冬夏。”

“什么？”路冬夏是谁，对面女生莫名其妙，又不怀好意地看了她身后的小姑娘一眼，也没再说什么，就离开了。

“?”

难道自己还真有黑社会老大后裔的气质，就这么被吓跑了？冬夏正得意，回头打算交个朋友：“你好，我……”

“路冬夏”三个字还没说出来，她硬生生地换成了惊讶了：“穆迟深？”

穆迟深今天穿得格外休闲，一身行头仿佛要融入这充满青春味的校园里，可是不一样的。路冬夏看了半天，想，穆迟深身上有这群毛头小子没有的东西。

不知怎的，想到这里就觉得好像是自己藏有什么宝贝一样，开心得不得了。

“你怎么在这里？”穆迟深先说话了。

冬夏笑：“我学校呀。”走近了一点又说，“怎么，看不出来我出身名校？”

穆迟深却没说什么，朝着她身边的小姑娘说：“双双，跟我进来。”

对哦，她叫双双。

可是……她是谁？路冬夏忽然意识到什么，自己怎么就从来没想过，穆迟深这么优秀的人，怎么会没有女朋友呢？于是刚到嘴边的话又咽了下去，只能看着郎才女貌，成双入对。

完了，她失恋了。

路冬夏还没想清楚要怎么排遣自己的一腔落寞，只得站在校门口晃来晃去。

真要命，还没开口就失恋了。路冬夏愁得不得了，早知道就先亲一下的，好歹有个念想，这么一想又觉得自己实在是太流氓了。

可是没问题啊，她活了这么多年，觉得对自己最贴切的称呼不是厂长之女，也不是什么未来首富，而是追求真理的小流氓。

追求真理的小流氓，这几个字就宛如人生信条一样，时时刻刻闪烁在她的启明星那个位置。

不过现在星星有点不亮了，路冬夏思前想后，还是觉得是穆迟深这个人太耀眼了。从出现开始就自顾自地闪耀在她的夜空里，成了她唯一的信仰。

冬夏越想越觉得难受，早点遇到他就好了，早点遇见他，他就还是一个人，而她就可以胡作非为了。

而且，以前的穆迟深肯定白白净净，特别好骗，不会像现在这么难缠了。

所以自己之前二十年都在干什么啊，飞天蹿地无恶不作？就不能谈谈恋爱？冬夏想，以后陈时肆的孩子一定得教他早恋。谈恋爱这种事情真是，就应该纳入幼儿园基础课程。

就这么胡思乱想了很久，路冬夏才看见穆迟深从学校出来，一个人，这么形单影只的样子让路冬夏先前所有的原则瞬间不见。

她这才意识到，自己又不是闲得没事在学校门口转悠，她一直都是在等他的。

是这样的，不管怎样之前的事也是自己乱想的，总之穆迟深没有亲口说出来自己就还有机会的。

她想，东风无力百花残，迟深不认就不难！

是这样的，没毛病。冬夏小跑着过去，喊他："穆迟深！"

穆迟深因为医院还有点事，就让方羡把双溪先送了回去。

可一出来就看见路冬夏了，他没想到她还在这里，沿着学校门口地上的警戒线来来回回，像一只迷路的猫，脸上的表情倒是很丰富。

他停下来，等她跑过来。

冬夏问："你去哪儿？"

"回医院。"

"哦。"冬夏想了想，好像也没什么事可以讲，只能出卖灵魂，

“刚刚那个女孩子是……谁？”说完又觉得不好，她慌忙解释，“我看有人好像欺负她来着。”

穆迟深看着冬夏，似乎是在确认她说的是不是真的。

冬夏被看得发憷，又说：“也有可能是我看错了，我隔得有点远，就是看她们讲话，然后你那个……那个，不怎么愿意的样子。”

冬夏实在不好意思直接问那个是不是你女朋友，这么拐弯抹角他应该也能懂吧。她满含期待地看过去，穆迟深却早就移开了目光，说：“双双不喜欢跟人接触。”

“双……双哦。”冬夏跟上去，边走边说，“名字真好听，不过我的也不错，我叫路路。”

“……”穆迟深显然有些无奈了，说，“穆双溪。”

穆双溪？穆？冬夏一瞬间豁然开朗，说：“那你们什么关系？”

“我妹妹。”

“原来是你妹妹啊！”冬夏忽然觉得脚步轻快了许多，“既然是你妹妹，以后也是我妹妹了，”说完觉得不对，慌忙改口，“我学妹，学妹，你放心吧，我一定好好照顾她！”

穆迟深顿了顿，刚准备说什么却被冬夏打断了：“我知道你想说什么，你又要讲我们不熟吧。可是没有啊，你看这里这么多人，你知道他们叫什么吗。加上地球上七十亿人，你却能准确无误地叫出我的名字，穆迟深，我觉得我们已经很熟了。”

“……”

穆迟深很难理解她的逻辑，说：“所以呢？”

“所以……”冬夏也不知道所以该怎么办，只能开始胡诌，“我觉得熟人之间谈恋爱比陌生人之间可靠多了。”

“嗯。”

“所以，你想谈恋爱吗？”

“不想。”

“为什么？”冬夏觉得自己心里可能在坐弹簧车，蹦蹦跳跳的，“不想是因为你比较享受被追的过程吗？”

穆迟深有点无话可说，路冬夏在想什么他总是很难理解。

他说：“没有。”

这样啊，路冬夏一鼓作气，说：“穆迟深，那你可能就是还没了解到恋爱的快感，要不这样吧，你现在有没有在谈恋爱，要是没有的话我就追你了。”

穆迟深眯起眼睛，稍稍一眼就看得路冬夏溃不成军。

尿什么，敢做不敢当吗？

路冬夏仰着头，毫不示弱地看回去，说：“我，路冬夏，二十岁，有点聪明非常可爱，乖巧懂事值得信赖，优点是善于发现自己的缺点，缺点是数不清自己有多少优点，总之，浑身上下都是闪光点，给你与众不同的专属爱恋，请问，你要不要试一试？”

“……”

沉默半天，穆迟深说：“路路，爱哭算是优点还是缺点呢？”

“……”路冬夏想了一下，“算是……泪点吧……”

穆迟深笑了笑，没有说话，继续往前走。

笑什么，笑一笑是什么意思啊？冬夏被这一笑迷得七荤八素的，脸红了一片，等反应过来的时候人已经走很远了。

路冬夏又回味了一遍他刚刚说的话，虽然他没有答应，可也没有拒绝啊，再乐观一点，至少默许她可以追他嘛！

而且他刚刚还叫她路路了，要命！路路呢！目前只有陈时肆和他爸这么叫她呢！

在路冬夏的人生信条里，表白只是一个开始而已，谈恋爱是自己预想的结局，可是也不是所有人在听到一句莫名其妙的表白之后就能立马点头或者摇头的。他们往往需要一个漫长的思考和考察过程，而在这个过程里，就要靠冬夏纵横四海的追人恋爱宝典了。

17.

陈时肆忽然发现路冬夏最近很喜欢上学了。

他捉住过一次急急忙忙去上课的她，问：“路路，你是不是受什么刺激了？”

“没有啊，我想学习。”

“你别这样路路。”陈时肆说，“是不是失恋了，要不我娶你吧，不愁吃不愁穿的，你还可以随意婚内出轨。”

“？”路冬夏一把拍开他的手，“陈时肆，你是不是最近相亲相疯了。”这么一说，冬夏才发现她最近是真的没有好好关心陈时肆了。

于是想了想，看了看时间，她说：“要不你送我去学校吧，路上我们还可以聊一聊。”

“成吧。”

陈时肆说着就准备去取车钥匙，可冬夏等了半天也没听着动静，抬头，这才看见前面的女人。

“这是路路吧。”那女人对上她的目光，面容精致而高贵，“真是漂亮的小姑娘。”

虽然夸得挺好听的，可是冬夏还挺不习惯陌生人这样喊她的，她侧头又去看陈时肆的表情，果然，刚刚还痞里痞气的眼神一瞬间凌厉起来，满满的防备。

冬夏又看了那女人一眼，这才想起来，这不就是那天在酒吧见过的女人嘛，陈叔叔的……新欢。可是她也不知道该叫什么，但是出于礼貌，还是弯了弯腰，说：“你好。”

陈时肆抓住她的胳膊把她拉到身后，微微挡住她的视线，说：“路冬夏赶着上课，不陪聊不陪吃不想认识也不喜欢跟新邻居打交道。”

那女人笑了一声：“小孩子。”又说，“那你们去吧，路上注意安全。”

陈时肆二话没说拉着路冬夏掉头就走。

而站在原地的女人看着两人的背影，嘴角的笑意渐渐凝固，尽管判若两人，可是她大概永远不会忘记陈时肆那天在酒吧里的样子。

那个时候，他目光冷滞，嘈杂的背景音乐里他的声音却格外清晰，一个字一个字，说："你听好了，那个家里只要是你想要得到的，我会先一样一样地毁掉。"

天真。女人冷笑一声，那么她呢？

冬夏话还没听完就被陈时肆给拉走了。

一路上，陈时肆的车飙得飞快，路冬夏知道陈时肆这会儿是真气了，也不敢出声，只能紧紧抓住胸前的安全带，说："十四，我那个，毕业课题还没交，你记得在遗言里顺道托人帮我交个作业吧。"

车速渐渐放缓，陈时肆忽然开口说："路路，要不你嫁给我吧？"

"啊？"

"你知道我们家生意吧，跟政府那边关系也挺大的，所以有些事必须是有一定的关系人家才愿意帮忙。我爸说我不愿意娶什么书记的女儿，所以只能他娶了一个高官的姐姐。"陈时肆嘴角带着点苦笑，"你说我爸五十，她三十八，她为什么愿意嫁我爸？"

"除非是有病吧……"冬夏没来得及说话，陈时肆就抢答了。这事还要抢答的啊，路冬夏想，又听陈时肆说，"路路，她真有病，精神病。"

"你不是说，你爸妈离婚前，他们就在一起了吗？"冬夏隐隐记得这回事，“怎么就有病了呢？”

“在一起的时候不知道啊，知道了不想娶了也没办法了，他自己惹的烂摊子也只能他自己担着了。”陈时肆说，“可是我总觉得我爸这人可恨又可怜。”

“那……精神病是什么样的啊，我还没见过呢。”冬夏有点不知道说什么了，只觉得生活真复杂，陈时肆他们家可真复杂。

陈时肆想了想，说：“具体发病症状我不知道，听说是妄想症的一种，能做出什么事来我也不知道，指不定哪天就觉得我是世袭的太子，你是争宠的妃子把我俩给毒死了。”

冬夏觉得这个消息还蛮震撼的，她张了张嘴，说：“这么……厉害？”

“所以我觉得我爸为我牺牲蛮大了，这么大年纪，对方家庭还要我们家给他们家生个儿子。路路，所以我觉得一点都不值得。”

我爸为了事业和我的婚姻自由娶了一个神经病，如果最后我的婚姻里不是你，我觉得很不值得。这一句话陈时肆没说，那么一刻，他忽然觉得，如果说了，也许他就做了和那些人一样的事情。

冬夏等了好久也没听陈时肆说下去：“十四，你别难过了，你也知道我最不会安慰人了，总之，陈叔叔既然这么做了肯定有自己的打算，既然给了你自由肯定不希望你因为他的事这么难过。而且，我觉得一个决定没有什么值不值得的问题，只要最后那个决定达到了自己想要的结果就是正确的，那个，陈叔叔，想要的是你可以遵循自己的意愿……所以……”

“路路，你还是别说了。”陈时肆忽然开口，“你卖鸡汤的样子很暴露你的智商。”

“？”我可是一本正经地安慰人呢！冬夏气得不行，陈时肆却笑起来，由得路冬夏开始变着法拐弯抹角地辱骂他。

一时间两个人好像都忘记了，一开始是陈时肆说——

路路，要不你嫁给我吧？

18.

冬夏到学校的时候交代了好几遍陈时肆：“十四，你不要到处喝酒啊，不要想不开，你要是真想喝酒你就带上我啊！”

前两句话算是有点感情，可是最后一句话简直毫无人性地暴露了自己的意图。

陈时肆说：“路路，四方有羡最近歇业整顿。”

路冬夏定了定神，毫无被看穿的窘迫，索性破罐子破摔，说：“那你就等它开业再去。”

再说了，冬夏也不老指望着能去四方有羡，现在学校这么大一座桥梁，怎么能不加以利用呢。

至于桥梁，她觉得穆双溪大概是有点人类恐惧症的，虽然听起来中二了点，不过穆双溪真的很不喜欢与人打交道。

也是，冬夏忽然想起那天在医院里看到她的样子，算是明白了个大概。

冬夏小时候生病的时候也觉得自己和别的小孩子不一样，不是不愿意跟别人玩，就是玩着玩着自己忽然倒在地上要死不活的样子，哪个小朋友看了都害怕吧。

要是换她她也不跟人玩。小时候是纯粹的害怕，长大了也就只是不想牵连或者被牵连而已。

不过还好那个时候她还有陈十四，他很乖，也很伟大，她倒在地上的时候他二话不说拨开人群冲过来，扛起她就往校长办公室跑。

至于为什么是校长办公室，后来小十四说，因为校长是最厉害的人，他可以救你，相信我。

可是那个时候校长办公室正在接待市里的领导，他就这么跟扛水泥袋子一样把路冬夏给扔了进去，不仅吓坏了领导们，还差点砸了学校安全文明校园的招牌。

路冬夏觉得后来学校换校长了跟陈时肆做的这件事有很大的关系。虽然她被及时送到了医院，可是也得亏人家校长没有暗杀他俩。

所以现在路冬夏是很能理解穆双溪的。

冬夏上午没什么课，就守在管理学院门口，下课铃响了半天也没见人。于是，她跑进去找了好几个教室，才看见穆双溪慢腾腾地从阶梯教室出来。

“穆双溪。”冬夏权衡半天，才从双双、双溪这样亲昵的称谓中选出穆双溪这个叫法。

穆双溪有点被吓到了，看了她一眼，没打算应。冬夏却直接跑了上去，说：“你还没吃饭吧，我陪你一起吧。”

“不用了，谢谢。”穆双溪声音很小，低着头加快了步子。

冬夏叹了口气，真是跟她哥哥一个家里出来的人，拒绝人的用词都是一模一样的。

冬夏正想着要不要强人所难的时候，穆双溪又低着头回来了，说：“我和你一起吃饭，但是你能带我出去吃吗？”

“啊？”路冬夏没理解过来，想着还是先答应了，“好啊。”

大概是沉浸在这样的忽起忽落上，所以，也没有注意到穆双溪紧张到出汗的样子，还有走廊拐角处那里站着的几个女孩子，表情有多阴郁。

穆双溪说想去春潮路吃面。

冬夏立马明白过来，想起上一次在那里碰到穆迟深，应该是给穆双溪带的吧，于是问：“是医院斜对面的打卤面吗？”

穆双溪点头，冬夏又问：“那你下午有课吗？”

毕竟春潮路离这里还是有段距离的，算了算地铁的车程也要一个小时左右，一来一去时间就没了。

穆双溪犹豫了一下，摇头。

行吧，冬夏也算是过来人，反正她下午也有课来着，逃课这件事，人生总是要经历过那么一两次的。

而且她可是逃课去自己心上人附近转一转，不亏。

结果两人是打的去的，冬夏手里也就那么几十块钱，算了一下可能是有去无回。本来来之前还想劝穆双溪可不可以环保一点的，可是看她刚出门就戴上口罩，捂着围巾一副全副武装的样子就没说话了。

行吧，没钱可以借啊，反正穆迟深最近应该不忙吧。

冬夏又一次觉得自己真的是太好说话了吧。

两人到的时候差不多已经过饭点了，再早一点应该就能遇见医院下来吃饭的人，百分之八十有关于穆迟深的话题，冬夏觉得自己以前蹲点的时候简直太傻了。

要是早知道是穆迟深的话就好了，也不知道好在哪儿，就是觉得这么好的人，越早遇到越好吧。

路冬夏想得倒带劲，穆双溪却一直很安静地坐在窗边，表情有些局促，又时不时抬头不知道在看什么。

冬夏问：“你很喜欢这家的面吧。”她觉得自己问了句废话，不然穆迟深也不会特地打包回去。

穆双溪点头，冬夏又问：“那你也经常来这里吃面吗？”

这一回是摇头了，冬夏不知道接下来该问什么了，就是觉得自己说话特别省事，对面居然一直用点头摇头就可以回答她的问题了。

“我哥，不让我在外面吃东西。”穆双溪大概也是觉得不说话不好。

冬夏迟疑了一下，确定了真是她在说话，才问：“为什么？”

这个时候面已经端上来了，嫩白的面条整整齐齐地挽在一起，正中心堆满了酱汁，再加点红绿色的配菜，撒上点葱花，搭在一起格外有食欲。

冬夏把面推到双溪面前，又给她拿了筷子，说：“虽然有点远，不过偶尔过来吃一次还是特别值的。”

想了想，她又感叹道：“这世界上最让人没法拒绝的就是美食和爱情了。”

穆双溪看着她，一副脑电波接不上的表情。可是也就持续了一秒而已。

“双溪！”背后沉声一喝。

冬夏也被吓了一跳，慢慢回过头。

穆迟深似乎是赶过来的，身上还带着点外面的冷气，连着眼神也没什么温度，他看了路冬夏一眼，随即走到穆双溪面前，拿了她手里的筷子连着碗推到一边，厉声问：“我说的话，记得吗？”

“哥……”

完了，逃课被家长发现了。路冬夏有些僵硬地站起来，主动承认错误，说：“穆迟深，是我带她来的。”

穆迟深沉默了一会儿，转过身来，说：“路冬夏，我不想看你耍什么小聪明，双溪跟你的那些朋友不一样，跟你也不一样……”

“……”

冬夏觉得自己有点蒙，目光移向一直低着头的穆双溪身上，半天才说：“我知道了。”

明明是乖乖认错了，可是这毫无波动的几个字却让穆迟深心里一沉，剩下的话再怎么也说不出口了。

路冬夏就低着头，一副要哭的样子。

穆迟深在心里叹了口气，连自己也没意识到语气已经放缓了很多：“双溪因为身体原因不能随便在外面吃东西。”

“嗯。”冬夏抿着嘴点头，“我记住了。”

“你先回去吧。”

“嗯。那我先走了……”

这么老实？穆迟深都觉得有些不正常，又叫住了她：.“路路。”

“嗯？”

穆迟深承认，他居然心软了，可是在哄人这方面……他想了想，还是算了，说：“没事，注意安全。”

“穆迟深，你是不是忽然觉得愧疚啊？”果然，路冬夏走了两步又停下来，先前的抑郁一扫而光，“既然这样你把电话号码给我吧，以后我跟双溪玩有什么事也可以给你打电话。”

路冬夏从来都是得寸进尺的人，可在穆迟深这里就只能尝试性地伸伸触角，见穆迟深眼神变了就立马缩回去了：“行吧，下次再说吧。”

说完立马转身，可走到门口又回来了，她说：“穆迟深，这一次是真的，我没钱了，你能不能借点钱我打个车回家啊？”

路冬夏走后，穆双溪抬起头看穆迟深，他的表情，还有不知道什么时候松开的眉头，让她眼里闪过一丝复杂的光。

穆迟深，要是我欠你的钱还不起的话，我就把我卖给你吧。你看我值多少钱，你估个价，我就在你身边花你多少钱，行吧？

第五章
信花

19.

冬夏觉得那天虽然被穆迟深教训了一顿，但离自己的目的还是有突破性进展的。至少现在可以经常和穆双溪一起吃饭了。

关于穆迟深也打听到了不少事情，一个人住，有洁癖。

至于这两点怎么归在“不少事情”这个分类的，冬夏很知足的。

但是陈时肆就快被气死了，他恨铁不成钢：“路路，你好歹也是厂长女儿，这么倒贴一个男人就算了，还倒贴他妹妹，你争不争点气？”

路冬夏倒不怎么在意：“什么叫倒贴，这是正常交友好吧。而且我没有倒贴啊，上次借穆迟深钱我还没还呢。”

陈时肆说不过："行吧，你谈恋爱吧，我就背着你偷偷进步，率先成为世界首富。"

这事说起来也是两人小时候的梦想，冬夏以前生病那段时间很多东西吃不了，可是又馋，他爸爸没办法，就说买不起。

路冬夏虽然在很多方面都不可理喻，可是有几点特别懂事，一是在捍卫自家财产上，二是在心疼自己爸爸上。

所以你要说某种东西不能吃，冬夏可能就非要咬一口，但是要是说家里穷买不起，那么路冬夏忍忍就过去了。

毕竟在冬夏的印象里，她爸爸每天起早贪黑也的确辛苦，现在还说没赚到钱，搞得自己零食都吃不起，冬夏就责任感油然而生，拉着陈时肆立下血誓，将来一定要成为世界首富。

两个人怀揣着这么大的梦想成长至今，在许多方面都产生了分歧，唯独在这一点上也算是始终如一。

可是，现在路冬夏居然有点想背叛这个梦想了。

陈时肆说："路路，你爸爸最近忙什么，都不见他回家了。"

说起这个，冬夏就犯愁："不知道啊，我爸从来不跟我说这些。"

剩下的话她闷在心里没说，所以有些事情就更不能再拖了，得提上日程了。

周五下午的时候，路冬夏买了一些食材，准备邀请穆双溪去她家吃饭的。

可是教室里食堂里到处找遍了，也没见到人，后来准备放弃的时候，她才看见穆双溪从宿舍那边出来，穆双溪不是不住校吗？

“双溪！”冬夏叫住她，跑过去才注意到穆双溪似乎是哭过的样子，一直低着头像是在刻意隐瞒什么，“你没事吧？”

“没事。”穆双溪摇头，看着她手里的东西。

冬夏解释：“不是很喜欢吃那家的面嘛，我特地去学了，准备邀请你去我家做给你吃的。”

看穆双溪不说话，她又说：“我听那家的厨师说了，穆医生偶尔会来买面，都是单独请厨师特别做的。卫生要求特别严格。所以我也会注意的，穆迟深肯定不会再骂我们了。”

穆双溪没说话，看了她一会儿，才说：“要不去我家吧。”

路冬夏这才知道穆双溪住哪儿，是个离学校不是很远的中高档小区，绿化做得特别好，有一种走进来觉得空气都要比小区以外清新一点的感觉。

穆双溪进门后直接走了进去，没开灯，屋子里漆黑一片，仅仅能看见各种电器上的电源显示灯。

“灯在右手边，”穆双溪的声音从里面传来，又说，“其他的随便用吧。”

冬夏开了灯，映入眼帘的是完全没有生活气息的房子，怎么说呢，就是太干净了，一尘不染，根本不像是人在住的样子。

穆双溪不知道去了哪儿，冬夏就拎着食材走到厨房，对着空荡到能听见回音的房子喊了声：“那我先用一下厨房啊。”

冬夏的确是特意找面店师傅学的，拜师过程并不简单，毕竟谁也不会轻易把绝活传给外人。她没办法，只能求陈时肆，结果陈时肆来闹了半天也就是钱的问题。

冬夏觉得有点幻灭了，毕竟在这个物欲横流的世界里，她至少以为还存在着某些金钱无法衡量的东西，比如说传承。

可是没想到……她还是太低估人们对于世界首富的渴望了。

冬夏煮面的时候，穆双溪从卧室出来，换了一身居家服，更像一个高中生了。她看了路冬夏一眼，然后给自己倒了杯水坐在沙发上，打开电视不知道在看什么。

冬夏以为就这样了，穆双溪却忽然开口：“我给哥哥打电话了，他说晚点会过来。”

真的？冬夏正在切菜，这会儿没一紧张差点切到自己手了。

穆双溪也没看这边，过了一会儿又说：“路路姐……”

“嗯？”

“你是不是喜欢我哥？”

“对啊。”冬夏想了想，有点不好意思，傻笑了一会儿，又继续切菜，“喜欢呢。”

“很喜欢吗？”

当然喜欢了，可是冬夏一时之间不知道怎么回答，穆双溪又问：“喜欢到什么程度呢？”

“……”冬夏都不明白穆双溪到底想问什么了。

穆双溪笑了笑，说：“会去死吗？”

电视里不知道在放什么，女主痴情地抱着男主的尸体，哭得天崩地裂，说“你死了我也不活了”，然后一掌拍在自己脑门上，成了两具尸体。

现在的电视剧都是在传授着什么样的思想啊，冬夏把面放进锅里，说：“不会啊。我的命是我的，为什么要为了别人去死？”

“可是你不是喜欢我哥吗？”

冬夏看着锅里腾起来的雾气，说：“男女之间一不小心产生荷尔蒙相互吸引不是很正常的一件事吗，谁看到好看的人不动心啊，这就是喜欢呗。”

“至于为什么不去死……”冬夏用筷子在锅里晃了两下，也不能说电视剧里面那种“You jump I jump”的感情是错了，只是觉得……她想了想，“可能也没喜欢到你觉得的那个程度吧。”

恰好这个时候门开了。

冬夏跟着穆双溪的视线往外看，穆迟深走进来，一身黑色的西装，应该是刚从医院过来。

身上似乎还带着点外面的寒气，冬夏奇怪，不是已经春天了吗，可是穆迟深好像总是冷冷的。

她对上穆迟深的眼神，笑嘻嘻地跑过去，说："穆迟深，你最近是不是去寺庙拜佛了，我第一次下厨你就能吃到了也太幸运了吧。"

穆迟深把外套挂起来，看了她一会儿才说："我不信佛。"

冬夏吃饭的时候一直都是很规矩的。

不规矩的举动就是给穆迟深讲了个笑话，挺失败的，她说："从前有一个剑客，她的剑很冷，她的手很冷，她的眼神也很冷，你知道后来怎么了吗？"

穆迟深放下筷子，说："我不吃葱。"

不信佛，不吃葱？哪来这么多毛病，都是被惯坏了的大少爷。冬夏一副操碎了心的老母亲的表情，把他的碗端过来，仔细地挑了里面的葱，又给推回去，说："行吧，我这个人没什么缺点，优点信手拈来，喜欢吃葱就是很明显的一个。"

"你可能没弄清楚优点的概念。"穆迟深皱着眉看了半天自己碗里的面，最后只能无奈地拿起筷子，"喜欢吃某样东西对于不喜欢吃那样东西的人来说，是一件不可理喻的事，而不是优点。"

路冬夏已经吃得不亦乐乎了，说："那你说我有什么优点？"

她也就随口一问，没想到穆迟深真回答了，可是他又跟生怕谁不知道似的，拌匀面后轻描淡写说了一句："爱哭吧。"

行吧，你说优点就是优点。冬夏忍了，却忽然想起来上一次表白的时候，穆迟深给她的答案就是问爱哭是优点还是缺点……

有什么在脑海里一闪而过，既然你说了爱哭是优点，有了答案的事情为什么还要问？冬夏有点糊涂了。

完了，越想心越乱，也不是越乱，就是觉得有什么要破土而出了，冬夏所有的不冷静都暴露在脸上了，她试图转移注意，问："哎，双溪你觉得好吃吗？"

"食不言寝不语。"穆迟深还会插话了？冬夏想瞪他又舍不得，就看着他拿筷子的手，想入非非，然后定了下神，说："但是该有的交流还是要有的啊，不然人家老祖先怎么说饭桌上见真情呢？"

没人知道哪位老祖先说过饭桌上见真情这句话，穆迟深问："你想听什么？"

"夸我啊，"路冬夏要求得脸不红心不跳的，"你知不知道你们的一句评价对一名厨师界冉冉升起的新星有多么重要，指不定我就因为你们的一句话当上新东方总教练了呢？"

"谢谢路路姐，很好吃。"穆双溪先开口了，说完放下筷子擦了擦嘴。

冬夏很受用，得意扬扬地看着穆迟深，等了半天对方却也没有要说什么的准备，算了吧，她又妥协了，不说就不说，都吃那么干净了。

“还不错。”

“嗯？”路冬夏听见了，有些诧异地看了穆迟深半天，都开始怀疑刚刚那句话是不是他说的了，于是又觍着脸问，“我没听见，你刚刚说什么？”

穆迟深不说话了，站起来收了盘子去厨房，转过身的时候侧边的落地灯照着他半张脸，嘴角有一点上扬的弧度。

冬夏却越缠越来劲：“你这人说话怎么这样，只管你说没说，不管人听不听得见？”

穆迟深放下餐盘，不知道怎么就戴上了刚刚她穿过的围裙，挽上了衬衣袖子，露出结实好看的小臂，温柔的灯光映照着他脸部的轮廓，声线也够醉人，半挑着眉问她：“你没听见？”

要命，这么看她之前能不能先打个招呼？冬夏心都要扑腾出来了，生怕穆迟深下一步又要做出什么更迷人的举动，非常知足地说：“听见了。”

“我说什么了？”穆迟深问。

冬夏得意扬扬：“你夸我美呢。”

穆迟深在她身后，很无奈地轻笑了一声。

20.

冬夏觉得自己追穆迟深的第一步还是很成功的。

至少那一天之后，她就成了穆双溪家里的常驻嘉宾，虽然穆迟深后来也没再来过，不过光回味一下就很快乐了。

而且以前怎么就没有发现，自己在厨艺上居然这么有潜力？这么想着，冬夏准备在家里给陈时肆做一次试试，毕竟这人没良心脸皮又厚，吃了她的东西肯定还是会很客观公正地批评她的。

有批评才有进步嘛，她可是广纳贤言的明君。

可是陈时肆的电话打了好几次都打不通，冬夏正准备去他们家找他的时候，路毋庸就回来了。

离家半个月，就这么忽然回来了。

冬夏站在门口愣了一下，还是路毋庸先说话："怎么，一个人在家里待傻了，连爸爸都不认识了？"

不是不认识，就是怎么说呢？冬夏觉得心里酸酸的，然后眼泪一下子就涌了出来，不是这样的啊，上一次明明不是这样的，那天在学校分开的时候，她爸爸还是又帅气又挺拔的中年一枝花，可是这一次，怎么就老了这么多呢？不是才半个月吗，是不是偷偷染头发了，还学现在的年轻人，染成了白色。

冬夏走过去，声音都哽咽了："爸……"

"瘦了。"路毋庸抱了抱她，"有按时吃药吗？"

"有。"

"按时吃饭？"

说起这个，路冬夏忽然想起什么来，擦了擦眼泪："爸爸，我最近学了一道面，做给你尝尝吧。”

冬夏说着拉着路毋庸朝厨房走去，给他按在桌子旁边坐好了，又急急忙忙跑去厨房，边走边说：“本来想着叫十四来的，可是他又不接我电话，肯定又跟什么乱七八糟的女孩子出去玩了。”

路毋庸没有马上说话，苍老的目光跟着自己女儿游走了半天，才说：“路路，十四他们家的事……你知道吗？”

路冬夏手上的动作缓了下来，说：“知道，一点点……”

“陈叔叔娶了一个……”冬夏也不知道怎么说，“总之我听十四说了一点。”

“十四现在在医院。”

“啊？”路冬夏心里一沉。

路毋庸说：“没事，不严重，你待会儿去看看吧。”

“可是为什么？跟他们家……有关吗？”

冬夏盛了面过来，路毋庸叹气：“路路，这事你不要乱猜，十四怎么说就是怎么样吧，你一个小姑娘不要太冲动了。”

“爸……”冬夏有点不明白她爸爸这句话是什么意思。

路毋庸又说：“而且十四也不小了，自己家里的事能处理好。”

路冬夏也是这么觉得的，所以上次陈时肆半开玩笑跟她说这事的时候，她也就听听没放心上，这会儿觉得自己真是对陈时肆太残忍了。

陈时肆还活着真的是太好了，她还能报恩，悬崖勒马开始对他好一点。

“路路，还有一件事。”

“嗯？”

路毋庸忽然开口：“我知道你长大了，有自己的想法了。”他停了一下，才说，“可是在找男朋友的时候，还是……普通点好。”

普通一点……路毋庸在说起“男朋友”三个字的时候，路冬夏觉得自己心跳停了一下，然后就想起了穆迟深。

挺普通的啊，一个医生而已，顶多算个国家栋梁，又不是什么国家顶梁柱，已经够普通了。

冬夏笑：“嗯，我记住了，我男朋友最多比我爸爸厉害一点点。”

路冬夏赶到医院还挺急的，还带着浓烈的忏悔之情。

可是去了才发现自己完全是咸吃萝卜淡操心了，她火急火燎地赶到病房的时候，陈时肆正坐在地上打游戏？

陈时肆看了她一眼，说：“来，路路，陪我打一局。”

“陈时肆，你是不是有毒？”路冬夏随手抓起床上的枕头扔过去，“你装装样子躺在床上博取我关心，我也觉得我没白担心啊。”

陈时肆放下手里的遥控器，站起来往这边走：“我不是刚排完毒吗，排除毒素一身轻松。”他说着，伸了个懒腰倒在床上。

冬夏这才看清他的脸色，惨白得如同一张纸，眼睛下黛青色的一圈，看样子很疲惫了。

冬夏收了收气，坐下来，说："陈十四，到底是……怎么回事啊？跟那个女人……有关吗？"

陈时肆闭着眼睛，声音有点沙哑，说："路路，我爸非要我喊你过来玩，幸好你昨天晚上走了。"

昨天晚上，她在穆双溪家里。

冬夏更加觉得愧疚了，自己享乐的时候陈时肆正在水深火热之中，她又不敢说自己去哪儿了，只能极力掩饰自己的心虚，问："陈时肆，你有什么愿望吗？不是要打游戏吗，虽然我不会，不过，我陪你打一下吧。"

陈时肆懒洋洋地睁开一只眼："路路，我又不是要死了，你搞得跟七仙女一样，还特地下凡给我了却什么心愿来了？"

"不是，就觉得最近对你不好，不配做你爸爸。"

"……"陈时肆翻了个身，"路路，我爸在洗手间。"

洗手间？

"路路来了？"这么说着，冬夏就看见陈叔叔从洗手间里出来，脸上还沾着些水珠，似乎是彻夜没睡的样子，不过看着她的时候还是和以前一样，又温柔又和蔼，"吃过早饭了没，我让人送点过来？"

"没事，不用了。"冬夏在长辈面前一直是遵纪守法尊老爱幼的好女孩的，要是让陈叔叔听见自己天天渴望当陈时肆爸爸岂不是完了？她笑着，格外乖巧，"陈叔叔，你先回去休息吧，十四我来照顾就好了。"

陈父也没再说什么，看了一眼趴在床上的陈时肆，朝着路冬夏笑了笑，似乎想说什么又收回去了：“那就辛苦你了。”

“怎么会呢。”冬夏笑，将陈父送到门外。

然后站在门口看他走远，她不禁感叹，陈叔叔大概是她见过最好看的中年男人了，明明说男人四十一枝花，陈叔叔就跟打了防腐剂似的，五十岁也是非常迷人的，也难怪陈时肆长了一张那么好看的脸。

冬夏进来的时候陈时肆已经换了手机玩游戏，她走过去坐在床边，忍了半天还是耷拉着脑袋问：“陈时肆，是她故意的吗？”

“谁？”陈时肆装傻，又笑，“路路，你觉得事情是怎样的？”

“你上次不是说过吗？”冬夏想了想，“她为了夺财产给你下毒了。”

陈时肆看了她半天，语重心长道：“路路，我给点钱你去视频网站充个会员看一下正常节目吧，别看家庭伦理电视剧了，行不行？”

路冬夏不乐意了：“就是你说的啊！你不是说她……什么什么的，指不定就下毒了吗？”她没有说神经病几个字，总觉得在骂人。不过好歹是长辈，不好骂，要是陈时肆的话就放肆骂了。

陈时肆说：“没有，就是她打扫卫生的时候没注意，关上门窗把消毒液跟洁厕灵倒一起玩了。我在睡觉。我爸在吃饭，饭还挺香的就没注意。你要是在我们家估计又在阳台那边睡觉了，所以幸好你没来。”

“……”路冬夏久久说不出话来，“她这是……她这样……跟下毒有什么区别？”

陈时肆叹了口气，推了推路冬夏的脑袋，说：“谁还没有吃过缺乏生活常识的亏呢。”又说，“路啊，以后就记住了，读书致富是后话，首先是读书保命。”

有些事，陈时肆是真的觉得不能让路冬夏知道。

世界上本来就有很多事情，大家心知肚明，却没法贸然定罪。要是路冬夏一根筋奋起直追替自己报仇的话，虽然心里会有一种苦孩子熬出头的欣慰感，可是那样不管是对他爸还是对路冬夏自己来说，都是很危险的一件事情。

不然像他爸路子那么野的人，怎么会甘愿娶一个神经病？肯定有一种更大的势力压在头上，压到不得不收起自己其他所有的尾巴。

那么那股势力对于路冬夏来说，也就是动动手指就能捏她个粉碎的事情。

21.

冬夏从病房里出来的时候有点蒙，压根就没从陈时肆后妈的狠毒劲里缓过来，她靠着门站了一会儿，忽然想到什么，眼睛四下转悠了一圈，然后拉住身边的护士问：“里面的陈先生，没事了吧。”

“没事了，下午晚点就可以出院了。”

这样啊，冬夏说了声谢谢，转眼就从病房门口消失了。她边跑边说对不起，天地做证她真的没有重色轻友见利忘义。

说实话，陈时肆还真是会挑地方。好歹这么多医院，怎么就偏偏来了省大附属医院呢。

她顺着人流挤进电梯，然后按下十七层，心想，也不知道穆迟深今天上不上班。直到电梯一层一层地停下来，刚刚在陈时肆那边的低落就全没了。

“叮”的一声，冬夏刚踏出来，就看见楚医生了。楚医生应该是刚查完房了，正跟旁边的护士交代什么，眼神很自然地掠过路冬夏，没多大会儿又硬生生地看了回来。冬夏还以为自己没那么好记的，这会儿看来自己还是挺令人印象深刻的，她笑：“嗨。”

说完就没了，什么医生来着，完了记不起来了。倒是楚医生打量了她一会儿，说：“怎么，真来给我送锦旗的？”

冬夏头大，开始瞎编：“这不是定制嘛，今天来量量你办公室的尺寸。”

大概全世界都能看出来她醉翁之意不在酒了吧，楚医生硬是忍着没笑，说：“找穆医生吧？”

有那么明显？冬夏问：“很多人找穆医生吗？”

“也不多，每天百八十个吧。”

“为什么？他每天在医院开相亲会吗？”问完之后又觉得无所谓，冬夏想，反正肯定没我漂亮。

楚医生却在旁边笑起来：“哈哈哈，小路路，你太好玩了！”

小路路，这辈子还没人叫过她小路路，怎么听都觉得别扭，况且什么叫好玩啊？冬夏心说我好玩也不跟你玩啊，我的价值可是要留给穆迟深好好体会的。

所以，当楚医生下一句问“要不要一起去吃饭的时候”，冬夏义正词严：“我不想跟你吃饭，我就想跟穆医生吃饭。”

“……”这也太直接了吧，楚医生不甘心，“穆医生正在跟别的美女吃饭呢。”

不听不听，王八念经。冬夏说：“那我就看着他们吃饭。”

“楚医生，你好像特别闲。”穆迟深很早就出来了，看见路冬夏的时候很明显愣了一下，不过也没叫她，填完巡房表才出声。

这会儿路冬夏已经喜笑颜开跑过来了：“穆迟深。”

“医院里声音小一点。”穆迟深就喜欢教训她。

不过，路冬夏甘之如饴，说：“好的，听你的。”

而一旁的楚医生因撩人被抓了很尴尬，立马改换阵队，说：“穆医生，有位小美女想请你吃饭，我就替你推掉下午的会议吧。”

下午有合作方过来谈事情，哪能说推就推，用脚指头想也能想到是假的。偏偏有个人被喜悦冲昏了头脑，满含期待地看着穆迟深，说：“这个牺牲太大了，不行的，我不能阻碍你发展的脚步，这样吧，我请你吃大餐吧。”

“你来是为了这个？”

冬夏不想让穆迟深觉得自己不懂事跟个医闹一样三天两头上医院闹事，于是就出卖了陈时肆：“不是啊，我有个朋友特别笨，在家吃东西吃到食物中毒，我来医院看他呢。”说完，她立马补充，“女朋友，不是，女生朋友。”

冬夏特地强调了性别，又再强调了一遍真实性：“真的，不信我把她手机号给你，你打电话问问。”

穆迟深似乎不怎么在意的样子，不过心情还不错：“吃饭去吧。”

于是，冬夏要手机号的目的又一次失败了。

自古美女比不上会议，这句话冬夏懂，可是没想到穆迟深居然带她吃食堂。

偏偏他还故意问她：“好吃吗？”

路冬夏这边有苦说不出，端过他的碗，说：“你不是不吃葱吗，我给你挑出来吧。”

穆迟深也没拒绝，看她一板一眼地给他挑了葱，然后又推到他面前，满目深情，说：“迟深，跟你吃的饭都好吃。”

……

路冬夏的脑袋里在想什么？穆迟深这一口水差点没把自己给呛死。

怎么，冬夏脸涨得通红，就是不想跟人家叫一样的名字啊，一点特殊性都没有，她还忍住没叫穆哥哥呢。

后面忽然传来一阵狂笑，是一直偷偷跟在后面的楚医生，他现在被发现了就也不藏了，索性端着碗过来说："小路路，你真的是太厉害了，我还从来没见过我们穆医生这么……这么……"喘了半天，总算是说完了，"这么头疼的表情。你怎么不来我们医院当护士呢，就留在我们科室一定特别好玩。"

留在你们科室得被你烦死了。

路冬夏说："我学药理的，不学护士。"

"你可以走后门啊。"

好主意，路冬夏把目光赤裸裸地挂到穆迟深身上，结果换来对方不咸不淡的一句话："吃完饭就回学校去，别逃课了。"

"好吧。"路冬夏答应得毫无原则，可是，他怎么知道她又逃课了？更何况她没逃课啊！

吃完饭，冬夏舍不得走，在穆迟深办公室逗留了一会儿，想约一约下一次见面时间的。结果等半天也不见穆迟深回来。

最后她只得问楚医生，楚医生很意外："不是说了吗，他下午得替他爸谈生意。"

“谈什么生意，谈生意有谈恋爱好玩吗？”冬夏随口一质问，没想到还真问出来了。

楚医生想了想，说：“我也不知道，好像是医疗器械回收的事，之前的回收厂好像是合约快到期了，这会儿联系新的回收厂呢。”

“医废回收站？”冬夏心里“咯噔”一下，怎么能乱谈呢，不管是谈恋爱还是谈生意，她都已经做好当对象的觉悟了。这会儿怎么能让他跟别人谈起来了。

冬夏忽然计上心头，给楼下的陈时肆打了个电话。

“你去哪儿了？”陈时肆开口就问。

路冬夏神秘兮兮的，还找了个地方躲起来：“十四，你帮我个忙。要不我跟你绝交。”

“干什么，帮你搞什么，现在搞事五年以上七年以下，你想清楚。”

“没事，就是有点饿想吃东西，没钱了。”冬夏到嘴的话说出来就变了味儿，陈时肆肯定不会帮她的，所以就应该换条路子了。

“那就有钱再吃。”陈时肆“啪”的一声挂掉了电话。

路冬夏想买点泻药来吃。

22.

穆迟深看了好几家回收站的资料，正准备敲定的时候，楚医生却进来了，慌张的表情立马让他觉得哪里不对。

他小声说了句“抱歉”，楚医生拉他过来，气还是喘的：“穆医生，路路小姑娘她……”

穆迟深眉峰一凛，顺着楚医生的指示快步往回走：“怎么了？”

“暂时不知道什么原因，只说肚子痛，正在往急救室送……”

穆迟深把手里的东西递给了楚医生，加快了步子。

穆迟深来的时候，路冬夏疼得汗都出来了。

这次真的是下狠心了，她骗陈时肆请她吃自助的时候偷偷喝了酒，完了回来还找楚医生说自己感冒要吃头孢。

路冬夏现在才觉得后怕，要是真死了怎么办啊，她以后再也不乱来了，哪怕是演戏也不乱来了，她后悔了。

而且，陈时肆可能正在提大刀砍来的路上。

“穆迟深，我好疼。”冬夏咬着牙半天才说出这么一句话。

穆迟深走过来，问一旁的护士：“怎么回事？”

“头孢和酒精双硫仑样反应。”

楚医生举手无辜脸：“真的，她自己说自己感冒要吃头孢，我还反反复复问了她好几次有没有过敏症状，而且她一天都在这里，我哪里知道她还在医院喝……”酒。剩下的几个字楚医生没说出来，穆迟深觉得有什么从脑袋里一闪而过，手却被拉住了，很暖的一双手，心里一软。

路冬夏是生怕穿帮了，才拉住他，表情都是拧在一起的，说：“可能是楚医生想毒死我。”

戏很多。

楚医生举手投降：“好吧，好吧，我走，你和穆医生两个人在这里，你就好好诽谤我。”说完就走，还贴心地带上门。

穆迟深很无奈地看了她一眼，替她调了一下输液器的注射速度。

冬夏说：“你调慢点，我很脆弱，太快了我承受不来。”

其实她就想拖一下时间而已，谁知道在多出的那一分钟里，他们会不会发生点什么。

“不疼了？”穆迟深坐下来，手这会儿还被拉着呢。

冬夏似乎也意识过来，条件反射般地松了手。可松了之后又后悔得不得了，心里想着还没给捂热了，于是她可怜巴巴地望着穆迟深：“你手怎么这么冷，要不我再给你捂捂？”

“躺好。”穆迟深呵斥起人来真了不起。

路冬夏也乖，这么一静下来好像就真没那么难受了，于是很不知好歹地问：“楚医生说你在谈什么，那现在……”

“路冬夏，你上次欠我钱没还。”不知道穆迟深提这个是什么意思，冬夏窘，又听他说，“你这次又搅乱了我医院的合作的事。”

原来记着仇呢。可是能怎么办啊？冬夏说：“那，再给你说一件事，我住院费还没交，我交不起。”

冬夏脸皮厚起来连自己都有点咂舌。

穆迟深看着她不说话，她也不怕不好意思，说：“穆迟深，要是我欠你的钱还不起的话，我就把我卖给你吧。你看我值多少钱，你估个价，我就在你身边花你多少钱，行吧？”

好有道理，路冬夏被自己的逻辑所折服。

可是穆迟深从来就不会正面回答他的问题，病房的光太暗，冬夏也没有看清他的表情，总觉得是在笑着的，只听见他问：“你觉得你值多少钱？”

“我？”冬夏心里一盘算，“我觉得我是个无价之宝，你可能买不起，但我愿意以身相许。”

“那行吧。”穆迟深过了半天才说话，却让路冬夏心底一窒，她还以为穆迟深说的是，那行吧，你就以身相许吧，却听他继续说，“无价之宝小姐，有一个问题想请教一下。”

“嗯，您说。”

“外面一直闹着要找路冬夏的人，是谁？”穆迟深的声音听不出什么起伏，像是看好戏般，“也是你的债主？”

冬夏觉得自己一颗心仿佛掉进了万丈深渊，闭上眼睛极其无奈地说：“他是我……”喉咙哽了一下，“我侄子。”

“这样？”穆迟深故意的，提着路冬夏的心，又给放下来，“医院里先让他回去了。”

这么乖，冬夏总觉得哪里不对。可是穆迟深居然也这么信了，她硬着头皮偷偷看了一眼穆迟深：“他有没有说什么？”

“没有。”

完了。冬夏正想着要不要先给陈时肆打个电话，可是没多大一会儿就睡着了，实在是折腾得精疲力竭了，跟穆迟深说话，已经是撑了好久。

穆迟深有些无奈地把她弄乱的被子整理了一下，不知怎的，视线就移不开了。平时一直活蹦乱跳的，现在才好好看清她的样子。

其实是真的累了吧，呼吸浅浅的，睫毛一颤一颤的，似乎睡得很不安稳。穆迟深伸手关了旁边的灯，这下只剩外面走廊上淡淡的光映进来。

怪不得人家说女孩子是温香软玉，穆迟深心里不知怎么就湿软得一塌糊涂。他笑，声音很轻：“下一次好好一起吃饭？”

“嗯……”淡淡的声音，仿佛梦呓。

穆迟深惊讶了一下，随即反应过来，人在睡眠的某一种程度里，对于外界的部分信号是能收到却无法做出判断的。

于是他又说：“无价之宝小姐？”

“嗯……”

“还疼吗？”

“嗯……

“穆迟深……”

穆迟深愣了一下，还会叫名字？然后看她懒懒地翻了个身，绵长的吐息里，听见她说：“你到底什么时候才会喜欢我啊？”

穆迟深笑得厉害了，你到底是不是睡着了？

陈时肆找了个地方喝酒，不知道怎么就有点烦。

虽然那个时候很无情地挂了电话，可是他对路冬夏向来是有求必应，没多大一会儿就扯了注射液从医院跑出来。

见她一脸诚恳说饿了，就真带着她去海鲜餐厅吃饭。过后觉得自己也没什么事，就让她在这儿吃着，自己回医院准备办一下出院手续，可回来时她就不见人了。

他心里一慌，看着对面省大附属医院几个字，这才想到穆迟深那个人，穆迟深啊，怎么会没想到呢。

与此同时，心也像是被碾碎了一样。

他们路路，以前是最怕死的，因为从来不会拿自己的命开玩笑。所以她说要吃海鲜的时候，他压根没有想过她会这样。

就在来医院的那条马路上，他还抱着一丝侥幸心理。可是打听到穆迟深那里的时候，他就有点绝望了，连着昨天被送往医院前最后那一声叹息也被蹂躏得丝毫不剩，昨天闭上眼睛之前他还在想，幸好路路不在。

幸好，路路，不在。

护士说：“穆医生和那位路小姐现在都在病房里，要我说一声吗？”

陈时肆笑，说：“没事，让她好好休息吧。”

陈时肆放下酒瓶，可他现在又有什么资格气呢，自己不也是糟蹋着自己的身体。就好像糟蹋到自己都心疼的时候，就能看到路冬夏气势汹汹地赶过来，然后夺走他手里的酒瓶子，说：“陈十四，你是不是失心疯了，我准你乱喝酒了吗？”

是她吗，看错了吧。

路路，就现在吧，刚好是春天。

第六章
春杪

23.

路冬夏给陈时肆打了好几个电话那边也不接，隐隐觉得可能是真生气了。

不过没道理啊，从小到大只有她生气的份儿，这会儿要是陈时肆真生气怎么办啊？

就路冬夏看来，她觉得自己性格还是挺好的，生气时又好哄，可要是陈时肆的话，还真不知道该怎么办了。

所以现在也不敢上门找，她只能躲在自己家偷偷摸摸探个风头。于是，刚从医院回来的整个早上，路冬夏就在二楼阳台上坐着，眼睛看着陈时肆他们家后院，往下趴一点还能看见他们家饭厅的一角。

不过陈时肆没见着，却看见了那个女人和陈叔叔，两人正在吃早餐，单单这么看起来也算是相敬如宾，关键是女人从头到尾都是低眉浅笑、温雅贤淑的样子，挑不出一点问题。

走的时候，陈叔叔还吻了吻那女人的脸，虽然隔得远，不过那全身上下的抗拒味冬夏可是感觉得分毫不差。然后就只剩下那女人了，做了家务之后就浇花、喝茶，完了就坐花园里看书，一派岁月静好的模样。

可是，冬夏想起她对陈时肆做的那些事气就不打一处来，这种人前一套、背地里又一套的人最可气了！

虽然陈时肆警告过自己不要接近她，不过抬头不见低头见的，既然已经是陈家的人，总得会一会不是？

就在这时，那女人像是感应到什么一样，朝这边看过来。

视线相遇，冬夏觉得脖子有一瞬间的僵硬，立马调整表情，挥手，镇定自若，说："你好。"

这个距离平时她和陈时肆说话都得扯着嗓子喊的那种，那女人动了动嘴，却就跟千里传音似的，说："路路。"

没多大一会儿，冬夏就坐在了陈时肆家里，她发誓这辈子没在陈时肆家这么局促过。

"叫我宋阿姨就好了。"宋秋，春潮路以前老宋家的二女儿，现在半条街的产业都在他们家手里，身家可想而知，据说她弟弟也是本市政要人员，可以说是有钱有势，翻手为云覆手为雨了。

不过这些都是冬夏后来才知道的，现在她比较关心一件事：“陈时肆在吗？”

“十四昨晚没有回来。”宋秋给她倒了茶，又给她端了甜点过来，半熟芝士，上面放着一个浅青色的小果子，不知道什么东西。

冬夏心里发憷，摆手：“我吃过早餐了。”

“这是十四买的，说你喜欢吃，来了没这些就不高兴。”

话是这么说，可是陈时肆是陈时肆，你是你。冬夏说：“他骗你的。我不爱吃这个，我爱吃臭豆腐。”

冬夏说：“宋阿姨，你可能不知道，十四看起来没心没肺，其实心思可细了，我觉得可能是您喜欢吃，所以他特地给您准备的，您不吃的话多伤感情啊，本来我觉得这重组家庭吧，一开始就很难相处了，现在十四主动想跟你搞好关系，你就吃一口吧。”

冬夏滔滔不绝，边说着边把蛋糕推到宋秋面前。她才没那个胆子吃这人给的东西。宋秋要真喜欢在食物上下手，就她自己吃吧。

只见宋秋垂眸，笑了笑，说：“路路，你还真是天不怕、地不怕的小姑娘。”

“呵呵！”路冬夏干笑了两声，“对，天不怕、地不怕，就怕死。”

“我昨天找了一晚上都没有找到他。”

“谁？”冬夏莫名其妙。

宋秋却自顾自地说：“所以，他要是找不到你会怎样？”

“啊？”冬夏这回真相信陈时肆说的了，这人好像跟他们不活在一个世界，所以她也不知道自己在宋秋的精神世界里扮演的是谁，可能是争宠的妃子吧。

冬夏正这么想着，只觉得手上一凉，宋秋握着她的手，说：“路路。”

冬夏一副有话好好说的表情，恨不得立马从凳子上跳起来，她抽出了手：“宋阿姨，要不你叫我冬夏就好了。”

“你怕我？”宋秋的眼神让冬夏很不舒服，可是冬夏也只能扯着嘴笑：“您又漂亮又温柔，我怕您干什么呢？”

“那为什么不吃？”

冬夏顺着她的眼神看着桌子上的一小块蛋糕，总觉得有些事情已经挑明了，就说：“那你为什么非得介意我吃不吃？”

宋秋不怒反笑，也不知道接下来要说什么。这时，外面传来了引擎熄灭的声音，陈时肆回来了？

冬夏兴冲冲地往门口跑，刚好撞上进门的陈时肆，旁边还有一个短头发的女孩子。怎么说呢，明明是女孩子，却有一种酷酷的帅气，声音也是比较中性的，她说：“路路？”

路冬夏觉得自己的知名度真的是高得出奇，笑了笑想着要不要打招呼。陈时肆却三步走进来，拉了路冬夏在身后，特别防备地看着宋秋。

“回来了？”宋秋看了看他，又看了看那个跟着进来的女孩，“要不要我准备午饭？”

“姑姑，好久不见。”女孩子很兴奋地举起手打了个招呼。

可是路冬夏却愣住了：“姑姑？”

女孩子笑：“路路好，我叫宋半南。”说完又看了眼陈时肆，对着宋秋说，“姑姑，我今天就来看看，待会儿可能还挺忙的，就不留了。”

简单地寒暄加上你问我答了几句之后，宋半南就走了，陈时肆也顺势把路冬夏给拉了出来。

“你怎么在这里？”陈时肆问冬夏，语气不怎么好。

路冬夏本来还挺愧疚的，这下不仅闻着他一身酒味，还见他被女孩子送回来，就变成有理的那一方了，特别有理：“我来找你啊，你昨天来找我，一句话不说就走，就是出去寻欢作乐了？”说完，她还眺望了刚走的人一眼。

“我送你回去吧。”陈时肆拉着她就往外走。

冬夏也没拒绝，跟在他后面。

宿醉的人总是有一种颓废感，她觉得今天的陈时肆格外忧郁，还跟什么一样忍着不跟她说话。她觉得不自在，说：“陈时肆，你是不是失恋了，还是谈恋爱了，情绪这么不正常？”

陈时肆的酒劲还没缓过来，说：“路路，我说真的，我不在的时候你少去那个家，我怕你被……”

“被什么？”冬夏打断他，“我机灵着呢！”想了想又把话题给拉了回来，“陈时肆，你是不是觉得我昨天拿自己开玩笑是一件很过分的事啊。”

陈时肆这下不说话了。

冬夏叹了口气，无奈：“其实也没有，穆迟深他差点就跟别人谈生意了，我总不能看着到手的咸鱼给跑了吧，就给搅了。

“但我自己也是有分寸的啊，一半靠装一半靠演，吃药之前还反反复复百度了好几遍，因为觉得在医院肯定能及时救治，总之我的命我金贵着呢。”

陈时肆硬是半天没说话，路冬夏觉得自己话都说完了，也没什么好说的了，至于陈时肆那边，什么时候多了一个叫宋秋姑姑的女孩子，她还没质问呢。

路冬夏等了一下，不见他解释也就算了，不过说完了也该走了。陈时肆这个时候才终于掰开嘴了：“路路。”

“嗯？”

“其实你没必要跟我解释，你不说清楚，我其实觉得你挺烦的，你要讲清楚了，我就觉得我挺事儿的，成我烦了。”

“你本来就烦。”路冬夏终于又顺利地把司令权给拿了回来，重新站上统治者的巅峰。

等陈时肆反应过来的时候，他咬牙，自己可真是被路冬夏玩弄于股掌之间啊。

24.

周末的时候，冬夏想着把穆迟深给约出来。

毕竟搅了一次也不能一直搅，穆迟深总会再找时间谈合同的事的，所以事不宜迟，该给他推荐推荐我厂了。

可是，她从穆双溪那里就换来几个字："哥哥最近挺忙的。"

冬夏作罢，不但觉得穆迟深忙，穆双溪也挺忙的，她最近本来就很少在学校，能见到穆双溪的时间就更少了。

不过总有一种穆双溪最近交朋友了的感觉，偷偷摸摸的，冬夏问她也不说。就想着可能是太久没有用面条来巩固两人之间的感情了，得找个时间再去他们家给露一手。

这么想着的时候，陈时肆的电话就打过来了："路路，你二十一了。"

"……"路冬夏沉默了两秒，"陈时肆，你是不是没睡醒？"

确实是，冬夏的生日是昨天，结果全世界除了她爸打了电话，她都要怀疑自己是不是记错了这件事。

陈时肆倒是很不在意，说："我记得去年我正儿八经想给你过生日的时候，你很生气，说过完你就要开始着手婚姻了，不想过。"

路冬夏完全不记得这回事。

陈时肆又给她回忆了一遍："你那个时候不知道哪里看来的，

说女孩子三十岁之前得生二胎，这么一来二十八岁就得生一胎。生孩子之前总得有婚姻考察期吧，这么一算二十五岁就得结婚了。结婚之前还得谈恋爱吧，所以二十岁就得开始了。”

冬夏不承认：“陈时肆，你少污蔑我，我没这么非主流的。”

“谁知道呢，你那个时候上网上得厉害。”

是吗？冬夏很愁，可她现在觉得自己谈恋爱谈得挺失败了，搞了几个月连人家手机号都搞不到。

想想就很气。

这边愁就算了，还有好几件更愁的事，一是她爸又开始忙到不可开交了，二是陈时肆带她喝酒都不去四方有羡了。

虽然经过上次差点被毒杀那么一回事，但是痞子依旧是痞子，陈时肆脸上看不到任何跟以前不一样的地方，依旧放飞自我。

而来酒吧是路冬夏提议的。陈时肆问她：“你生日有什么愿望？”

冬夏没什么愿望，说：“就想去酒吧喝个牛奶。”

不知道该说她司马昭之心还是醉翁之意不在酒，陈时肆有点头疼：“路路，要不我带你去农场喝酒吧，别有一番风味。”

路冬夏眼睛立马亮了起来，不过随即又露出一副刚正不阿的表情：“你知道吧，过完这个生日我就二十一岁了，二十一了，自己的需求还是得不到肯定，也不知道这些年怎么过去的。”

见陈时肆没理，她又狠狠地叹了口气：“怎么这么惨呢。”

“行吧。”陈时肆腾地站起来，“你厉害的路路。你一卖惨我就觉得天崩地裂，窦娥棺材板都按不住了。”

“你什么意思呢？”

“我怕真惨的人掀了板儿也要出来打你，所以先给你按住了。”陈时肆说，“路路，你快跑吧。”

跑个鬼，路冬夏下了车才知道陈时肆带她去的并不是四方有羡。

也不知是哪一家酒吧，怎么都觉得看不中意，可是没问题啊。陈时肆一脸无辜：“怎么，这家牛奶不好喝吗？”

冬夏懒得理他，既然来了就不喝牛奶了，她想喝酒。

陈时肆这一次居然也没有拦她，由着她扯着嗓子喊了一桌子啤酒。

陈时肆说：“行吧，今天就喝到你再也不敢来吧。”

路冬夏也没有什么怕的，学着人家的样子拿起酒瓶子准备一口吹的，可是这边却被陈时肆一把给夺走了。

“哎，你不是让我喝吗？”路冬夏说。

陈时肆先给她倒了一杯，橙黄色的液体迅速盈满透明的玻璃杯，白色的气泡腾起，在顶端聚拢。

陈时肆说：“路路，你先听我说点伤心事吧，要不这酒喝得多不值啊。”

“为什么？”

“借酒消愁啊，你没愁喝什么酒？”

“谁说我不愁呢？我谈恋爱呢，谈恋爱是一件特别令人发愁的事情。”路冬夏理直气壮。

陈时肆想了想，觉得也是那么回事，可是依旧不甘示弱，说：“路路，如果我要出国了，你愁不愁？”

“你不是经常去找你妈吗，三天一小跑两天一大跑。我能愁啥？”

“这次不一样了。”陈时肆眼神忽然软下来，说，“路路，我上次去找我妈的时候，她已经结婚了。”

“结婚？”路冬夏觉得陈时肆身上真的是装着各种能让她猝不及防的消息。这放肆不羁的面容背后究竟藏着多少令普通人不堪一击的消息？冬夏听了都想写新闻。

“虽然还是我妈，可是有些东西不一样了，就是那种你知道吧。”陈时肆低着头，笑得特别苦涩，“就是那种她有了新的家庭，我也特别不合适再去打扰她的那种感觉。”

“十四……”

“所以这次不一样了，我得出去进修几年，先镀点金，好歹把自己充实得有点文化底蕴，再回来叱咤商场，先富起来，然后带动你这落后的一批再富起来。”

“十四。”路冬夏不知道怎么忽然有点难过，也没心情跟他开玩笑了，“你是不是觉得你像是被抛弃的小孩子，就想通过刻苦学习转移注意力的那一种啊。”

“路路。”陈时肆忽然特别严肃地说，“答应我，以后别看家庭伦理剧了，你看点别的吧。而且我又不是小孩子，爸妈离婚组建了新家庭，跟我也没多大关系啊，小孩子才会心灵受创伤一蹶不振。”

冬夏觉得喝完酒就特别忧郁，也笑不出来。

陈时肆叹了口气，怎么会有这么傻的人呢，忍不住伸手搅乱她的头发，一瞬间发间的清香散出来。

陈时肆顿了一下，说：“路路，我以前是怕我妈过得不好，现在不用我担心了，我爸也随他吧。我觉得我不在家的时候也挺好的。所以我该做点自己的事情了。”

陈时肆叹了口气，估计他从家里搬出来这件事路冬夏到现在都不知道。而他爸爸……怎么说呢，那个女人迟早会用各种手段绊倒他们家，所以，在此之前，他要有所动作了。

“那你什么时候走啊？”冬夏这下真愁了。

陈时肆拍了拍她的头：“下半年吧，给你半年考虑一下要不要和我一起走。”

“不要。”路冬夏拒绝得干脆。可是连自己都没有想到，自己说不要的那一瞬间，好像是看见了穆迟深的脸，他还在呢，我哪儿都不去。

“德行。”陈时肆极其不屑，“到时候你求我我都不带你。”

25.

冬夏把陈时肆送回去之后没忍住，也不知道是不是酒精壮胆的作用，看陈时肆他们家房间灯都没开，就格外笃定陈时肆已经醉得不省人事了，于是又偷偷摸摸地跑出来了。

什么时候到的春天呢，好像回过神来春天就已经过完了，暖暖的风吹在脸上，心里却是清清凉凉的感觉。

这一瞬间，路冬夏才意识到，她好像有点想穆迟深了。

冬夏摸了摸身上的钱包，谈恋爱真是一件令人快乐的事情呢！虽然还只是单方面的，可是那种单单想到这个人就会觉得开心得犹如春风吹百花开的感觉，真的是比当上世界首富还要开心一点。

虽然冬夏还没有当过世界首富，纯属是站着说话不腰疼。

晚上九点的春潮路喧闹得跟歌舞伎町一样，冬夏站在省大附属医院楼下，来来回回走了三遍人行道，没想到横冲直撞的她居然有一天也会这么忸怩。

最后一次准备冲进去的时候，她刚好看见一辆黑色的车上有人下来，中年男人，气质儒雅，身边站着一个大概三十岁的女人。两人之间年龄差距看起来挺大的，不过关系倒亲密。冬夏向来喜欢浮想联翩，但是这一次众目睽睽之下，应该不是什么小三的故事吧。

她也没多管，想着还有事呢，就径直跑到了十七楼。这会儿才知道自己有多莽撞了，穆迟深今天就没有在值班。

冬夏扑了个空，格外失落。

楚医生见她可怜，说："要不你给穆医生打个电话？"

冬夏摇头，又说："要不你给他打吧，问问他闲不闲，闲的话有没有空。"

冬夏心说闲的话有没有空出来谈个恋爱，可是这话还是不要让别人转告了，就将到嗓子眼的话压了回去，说："你就这么问吧。"

楚医生无奈，拿了手机，说完就挂了，回头有些为难，说："穆医生说他现在……没空。"

冬夏的第一反应是他又在挑拨离间了。

楚医生立马举手发誓："真的，我没乱来。不信你可以去找他。"

"他在哪儿？"

"听声音应该是四方有羡吧。"

四方有羡？

冬夏转头就跑了，恨不得开飞机了现在。

楚医生无奈地笑，可是没笑多久脸上就僵住了，他看着跟路冬夏擦肩而过往这边走来的人："院长？"还有……院长夫人？

是穆延卿和沈晚。

穆延卿的目光随着路冬夏走了一会儿，问楚医生："你女朋友？"

"不是，不是，不是，不是……"楚医生也不知道自己一连串说了多少个不是，不过转而一想，又镇定地说道，“是。”

“？”穆延卿露出一个疑惑的表情。

楚医生说：“这不是追我呢，八字没一撇，就觉得挺烦的。”

穆延卿笑了一声，沈晚也轻声说道：“多漂亮的姑娘。”

“嗯，嗯，嗯。”楚医生跟着点头，好在他们终于没有再多问下去，不禁松了口气，看着路冬夏消失的那边，又叹了口气。

照穆迟深和穆延卿的关系，还有穆延卿根深蒂固的门当户对的观念，那个叫路冬夏的小姑娘真想进穆家还挺难的。要是只是谈个恋爱，他还能稍微挡一挡，算是做好事了。

这么想着，楚医生不禁觉得，自己可真是深藏功与名。

穆迟深确实在四方有羡，方羡生日，外加求婚，要求他必须在场，威逼利诱他就来了，而且有些麻烦只能在这里解决了。

不过，方羡这事他其实还挺惊讶的，本来以为这一次也只是闹闹，没想到方羡还真准备跟上次那小姑娘求婚了，自己捡来的女孩子，养成系，有点看头。

穆迟深抿了口酒，这才注意到整间酒吧都换味儿了，欧式的古堡主题，搭配方羡一身黑色的燕尾服，要多骚包有多骚包。

两个主角站在聚光灯下，鲜花围起来的站台，旁边的水晶灯拼出 Happy Birthday 的字样。

不过有些奇怪的是，“i”少了上面一点。失误？穆迟深拧着眉想了一会儿，忽然豁然开朗，忍不住想笑，方羡今年只有十八岁吧。

果然，方羡有些故作难堪地拉着女孩子，说：“怎么会少了一点呢？”

女孩子显然不知情，有点不知所措，说：“那怎么办呀，现在你请的人都到了，换道具也来不及了，要不……”

“没事。”方羡笑起来，忽然手里多出一枚戒指，仿佛笼络了所有水晶里的光，亮得耀眼，他说，“这个放上面应该就行了？”

女孩子愣了半天，看着他准备将那一枚戒指放到字母上补充完整，才记起什么，伸了一下手，想说什么又不敢说。

方羡忍着笑意对着水晶灯比了半天，眼角却一直偷偷看女孩，只见她一直低着头不说话，终于是进入正题了，他回身捉住她的手，眨眼的工夫将戒指戴在她手上，说：“还是放这里比较合适。”

穆迟深有点看不下去了，看了眼手机，准备出去透透气。

里面有里面的浪漫，外面有外面的热闹。

穆迟深靠在酒吧门口，手里拿着一根燃着的香烟，白色的烟雾被带着暖意的晚风瞬间吹走。穆迟深就在此刻忽然想起路冬夏来，她说，我叫路冬夏，因为我是春天生的。

已经到春天了吧，穆迟深想。

于是，等到眼前烟雾散尽，他就看见了路冬夏，她站在路边的出租车旁，一副不想认账的模样。看得出来正滔滔不绝地说着什么，后来应该是急了，她眼睛不断地瞟向这边，第三次的时候她才看见他。

他这么不显眼？穆迟深想，却看见路冬夏一瞬间喜笑颜开，朝着他挥手："穆迟深！"

穆迟深听到她在喊他了，一推想也算是明白了个大概，对于这种出门从不喜欢带钱的人来说，八成是没钱给车费了。

穆迟深捻了手里的烟，嘴角意味不明地笑着。他站直了身子，停了一下，忽然又转身朝着酒吧里面走去。

路过门口的时候，他还能看见玻璃窗上那个拼命挥手的小小的人，忽然就焉了下去。果然，这个世界上能瞬间转换无数种情绪的，也就这么一个人而已。

穆迟深一定看见她了吧，冬夏想，可是为什么不理她呢。

"小姑娘，你这样的我见多了，啥熟人的，你就是想坐我顺风车不是？"

冬夏没办法，说："这样吧，我把我手机给你，等我找到钱再打电话，我们换回来？"

"你手机不是没钱了嘛……"师傅一副别想骗我的表情，"还指望我给你交话费呢。"

是的，冬夏刚准备找一找陈时肆，就发现手机停机了，也挺正常的，她向来三天一停机，两天一关机，况且这会儿都月底了，用起流量来毫无节制，简直是卖血上网。

而司机师傅又一副路冬夏会把他手机号挂到传销组织的样子，死活都不肯借给她打个电话。冬夏有点无语了：“不是。它就是停机了，没法打电话但能接电话的，你就等我给你打电话。”

师傅不乐意：“我不。”

可路冬夏已经递过来了：“求你了。”

师傅最后被缠得没办法，就接了过来，说：“成吧，我也是做正当生意的，不讹你小姑娘，你可也别讹我啊。”

“我能怎么讹你啊，大叔！”

“谁知道你这是不是路上偷的，这种扯开大衣里面放着几个手机问我要手机的人我见得多了。”

冬夏欲哭无泪：“师傅，您看我像那种人吗？”

“指不定。”

行吧。毕竟张无忌的妈妈也说过，千万不要相信好看的女人，冬夏也只能这么安慰自己了。好不容易应付完出租车司机了，这会儿看着四方有羡，可真热闹啊。

冬夏推开门的时候，里面正唱着生日快乐歌，她愣了一下，才四处找穆迟深。

他依旧在上次的位置，斜靠着吧台，手里拿着透明的高脚杯，怎么看都不像是之前在医院看到时的那种衣冠楚楚温文尔雅的模样。

冬夏走过去，搬了凳子在他正前面坐下来，特别乖。

穆迟深看她一眼："有事？"

冬夏心里一个咯噔，问："你刚刚是不是看见我了？"肯定是的，之前楚医生还给他打过电话，再怎么猜都能猜到吧。

可是穆迟深真说出来的时候，冬夏就不知道该怎么接了。

穆迟深说："看见了。"

冬夏说："哦。"然后对酒吧小保说，"我想要一杯……"想要什么了，又没带钱，她想了想，"算了，我还是不要了吧，我就坐坐成吗？"

"可以的。"小酒保答应得很爽快，"今天老板喜事，来者不拒。"

"那谢谢啊。"冬夏应完，瞥了眼穆迟深，只能看见他黑色的衬衣胸口的第四颗扣子，看了一会儿又觉得离得太近了，心里的情绪有点掌控不住，就把凳子往外挪了挪。

穆迟深自始至终就站在一边看着她的小动作。可是冬夏看过去的时候呢，他总是能恰好在看别处。

后来还是冬夏忍不住了，她说："穆迟深，我是特地来找你的。"

"还钱的？"

"……"冬夏心想，难道是因为欠钱不还所以态度这么冷漠的？看不出来这么小气啊，算了。她摇头，"不是。就想你了，过来看看你。"

穆迟深没说话，抿了一口酒，神色没有丝毫变化。

真失败。冬夏想，没多大一会儿就趴在桌子上了。忽然，就不知道为什么要来了，得先找个理由说服自己了。

过了一会儿，方羡就过来了。冬夏记得他，立马坐直了身子准备攀攀关系。可是方羡却看着穆迟深，说："你带来的？"

冬夏看了看他，又看了看穆迟深，问："你们认识啊？"

方羡头皮一紧，说："不打不相识嘛，上次扔停车场了回头找我麻烦时就这么认识了。"

冬夏将信将疑，去看穆迟深的表情，却听见一道笑嘻嘻的女声："他们骗你的，方羡可是穆迟深舅舅呢。"

方羡捂都没捂住自己未婚妻的嘴，冬夏先是惊讶了一下，看穆迟深没什么表情，随即回："哦。"不就被人家玩弄了一番呗，谁让自己傻了，不对，应该是谁让自己一心疼人就什么都顾不上了。

没意思，她叹了口气，然后又问方羡："我没带钱，你今天又生日，能酒水全免吗？"

方羡点头如捣蒜："可以的，可以的。"

冬夏想着喝完就回去吧，今天肯定是累了，先是跟陈时肆喝半天，就跟喝醉了一样，醒过来就在这边了，她可真能折腾。

应该睡一觉就好了，明天的穆迟深还是你又好看又撩人的穆迟深，今天肯定是自己做噩梦呢。

所以当自己拗了半天要的东西送过来又变成了牛奶的时候，她硬是忍了下来，照平时肯定是得发脾气的，怎么？看她胸小，想给喝啥补啥吗？不过现在做梦呢，做梦发脾气，想想就觉得没劲。

穆迟深在一旁看了半天，之前他掉头走了没有闹，知道自己被骗了也没有闹，现在……穆迟深问："不闹？"

冬夏有气无力，摇了个头。

穆迟深笑笑，还没见到路冬夏这个样子的。

太乖了。

冬夏见穆迟深也没说话了，站起来，说："那我走了啊。"

也不知道自己有没有说这句话，总之当自己走到门口回头望的时候，穆迟深还坐在那里，也没跟出来，也没看她。

路冬夏想着自己肯定是完了，来之前吃了糖，吃完了才知道是砒霜。

这下自己还没钱，又没手机了，大概得走一晚上走回去了。

这个梦究竟什么时候醒呢?

26.

方羡看人小姑娘兴致勃勃地来，又格外失落地走了，他都不忍心了："你又随便差遣我酒吧里的打工仔了？"

饶是穆迟深不说，方羡对自己的员工动向还是了如指掌的，新来的酒水小弟恨不得哭着给他打电话，说："老板，我没有逃班，我是被穆医生逼出来跟着这个小姑娘的。"

“行吧。”方羡说，“穆医生这是赏识你呢，回来给你加工资，别怕，啊！”

方羡在路冬夏刚刚坐过的地方坐下来，问：“怎么，事情查清楚了没？”

穆迟深看着桌子上的汽水，轻轻一弹，刚刚还紧紧粘在玻璃壁上的水珠瞬间跟无头苍蝇似的，拼命地往水面上蹿，树倒猢狲散。

穆迟深说：“有人要弄穆延卿，昨天医院查出来的医疗器械里有一批来路不明的残次品。”

“查出来了？”方羡有些惊讶，这可是可能会让医院垮台的问题呢，穆迟深居然能这么不咸不淡地坐在他这里喝酒？

方羡实在是佩服这个外甥的定力，问：“那现在怎么办？”

穆迟深瞥了他一眼：“能怎么办，我只不过是个打工的医生，医院怎么安排，我就怎么办呗。”

话是这么说，可是，那人始终是你爸啊。方羡话没来得及说出口，酒吧门被猛烈地推开，门口站着一群来路不明的人，全然肃杀的气息。

方羡站起来，看着他们，又顺着他们的视线看到穆迟深身上，极不可思议地说：“穆迟深，你闹事了？”

“闹了。”

接下来就是砸玻璃摔凳子的声音，周围的人乱成一团。

方羡好歹做了几年酒吧了，对于这些平白无故惹是生非的事情早就已经习惯了，只不过不习惯的是穆迟深，好歹名校毕业的高材生，有文化有涵养，平时要么拿着手术刀，要么拿着笔杆子，这会儿打起架来居然也这么毫不含糊，眼看着啤酒瓶粗的棍子往他身上招呼着，居然眼睛眨都不眨，反手折了人家骨头。

寡不敌众，今天本来是喜事，这会儿真没做打架的准备，方羡一边招呼着人家的拳头，一边想怎么才能把外援给找过来，这会儿门口又多了一群人，隔壁酒吧的人?

上次不是和穆迟深闹矛盾来着吗，这一次不会是趁机落井下石来的吧，我的亲孙了哎，方羡觉得今晚可能要死了。

可下一刻却跟乾坤大挪移一样，隔壁酒吧竟然是过来帮忙的?所以穆迟深上次是直接收买了人家吗，怎么做到的，居然把敌军变成了友军。

方羡头上闪出一连串的疑问。

“嘭”的一声，酒瓶子在自己脑门没多远的地方破了一地，穆迟深挡在他面前说：“闹了你的求婚现场，不好意思。”

方羡回头找了一下自己已经躲得没影了的小未婚妻，现在不是说这个的时候吧。

也不知道过了多久，方羡撑着吧台，看着满室狼藉，额头还有点血，黏腻得难受。

穆迟深在旁边喘气，微微皱着眉，手臂上被划伤很大一条口子。方羡看着都疼，反而觉得自己额头上的是小伤了，他长叹一口气，问:

“到底怎么回事？”

穆迟深觉得现在不说也没道理了，脱了自己的外套：“我查了那批医疗器材的来源，查到一个很奇怪的点上就被截断了。”他简单地处理着自己的伤口，语气却依旧平静，“再查下去就是这样了。”

“你一个人？”方羡问，没等穆迟深回答，外面已经响起了警笛的声音。

方羡看了一眼，没有再问，毕竟现在得先应付警察了。他站起来整理了一下，穆迟深叫住他：“有干净衣服吗？”

方羡点了点头，示意他可以去二楼临时住房找找看。

而这边警察问一句，方羡交代一句，无非是喝醉了闹事，带头的人已经跑了，想查到其实不难，只是需要点时间而已。

方羡跟设定好的程序一样机械式地回答着警察的问题，可是再回过头找穆迟深，人已经不见了。

恰好手机响了一下，方羡说了声“抱歉”，拿出来看是跟着路冬夏的那个小酒保，小酒保说：“完了，老板，那女孩好像迷路了呢。”

路冬夏真不知道自己走到哪儿了，摸了摸口袋，钱包里面其实还有几块钱，可以坐个地铁，实在不行还能坐公交车。

可是，地铁站在哪儿？公交站在哪儿？

冬夏觉得自己简直是春风里的一株野草，惨。

她停下来，没什么心情想什么事情，回过头才意识到什么，瞬间毛骨悚然，她的反射弧是绕了地球一个圈吧！那个一直跟着她的黑色车子是个什么东西？难道是上一次作案没成功心有不甘，这是铁了心要把自己给拐卖了吗！

冬夏越想越觉得可怕，拔腿就想跑，跑也不知道往哪儿跑，要不往网吧跑吧。

正这么想着，穿过一条漆黑的人行道，借着微弱的路灯，冬夏一头栽进人怀里。完了，要被迷晕了。

冬夏沉浸在巨大的恐惧中，这会儿也没听见被她撞到的人咬着牙嘶了一声。她恨不得关闭所有的感官，连呼吸都不要了，只是想着尽量不吸入什么迷药。

可是等了很久，直到确定自己所有的感官都在，她才反应过来，自己一直是被温柔地抱着而已。

“赖够了没？”

是穆迟深，声音在她头顶，又温柔又亲切，虽然充满着嘲笑的意味，可是，行吧，有点甜。

冬夏说：“没赖够能再抱会儿吗？”

穆迟深笑，由得她，问：“为什么来找我？”

“想你了呗，刚刚说你也不听，非得说两遍。”冬夏觉得不好意思了，稍稍退开点，穆迟深依旧由她，又问：“就这样？”

“不是，就觉得你不好意思，抱我的时候有点僵硬。”

“……”穆迟深闭着眼咬了咬牙，伤口痛得不行，她还嫌自己僵硬了。不过没办法，他发现自己没办法了。

路冬夏悄悄看了他几眼，忽然记起来刚刚在酒吧里他那样冷漠，忍不住讨债了：“穆迟深，你刚刚问我为什么来找你，我说想你，你就不问我为什么想你吗？”

“我不知道。你来说。”

行吧，不知道说得也挺有理的。路冬夏说：“我说过很多遍了，你总不听，可是我每次说的时候都是很认真的。”

“嗯。”

“我是真喜欢你的。”路冬夏看着他的眼睛又认真地说了一遍，见人没反应又给自己找台阶下，话题信手拈来，“可是你连电话号码都不给我，刚刚还对我那么冷漠，我差点被气死了，你知道我一个小姑娘，还没受过这样的委屈呢，大半夜的没钱回不了家，为了来找你还把手机当给出租车师傅了，我……”

“路路。”

路冬夏本来挺生气的，这么一声“路路”又让她气不起来了，说：“嗯，你说，你的路路在听呢。”

穆迟深笑了一声，真是好哄的小姑娘。

“你没有什么问题要问我吗？”

有什么，没有啊。冬夏忽然记起来来的时候挺想问他的一句话——穆迟深，你到底什么时候才会喜欢我啊。不过现在不好意思问了。

穆迟深却把她拉近了点，又说：“你喜欢我，不问问我喜不喜欢你吗？”

哈？冬夏觉得自己有点爆炸了，仗着天黑脸就放肆地红：“有啥好问的，应该喜欢吧。”

“如果不喜欢呢？”

坐过山车呢这是？冬夏无所畏惧，说：“那我就继续喜欢你呗。”

一声轻笑，穆迟深大手按上路冬夏的头，顺势又给拉回了自己怀里，说：“路路，就现在吧，刚好是春天。”

“嗯？”冬夏听见自己的心跟擂鼓一样，又怕被穆迟深给听见了，就企图胡言乱语来分散注意力，“什么事就现在，春天怎么了？”

“你不知道？”

“不知道，你说清楚点，我理解能力不好，小学语文课都去看别的班的男孩子了，就没怎么听……”

话没说完，只听见穆迟深一声沉沉的叹息，然后吻上她的嘴角。

触电般的感觉迅速麻痹了整个身体，冬夏呆呆地看着穆迟深，仿佛呓语：“穆迟深。”

穆迟深的呼吸依旧在她的唇边，问：“明白了吗？”

冬夏点头，又摇头，脸皮瞬间磨成了城墙：“没明白可以再说一遍吗？”

“不说了。”穆迟深拍了拍她的头，“那就等把你养聪明点再说。”

怎么会不明白呢，冬夏觉得世界开始转圈了，春天多好啊，春暖花开，春风十里，刚好，我们就从春天开始吧！

"你给我身边所有人发了糖，就没留我的？"
"留着呢，这不是嘛。你路路可比糖甜多了。"

第七章
长夏

27.

穆迟深先把路冬夏给送回了家，后来又直接去了四方有羡，那边正乱得不成样子，除了方羡之外，所有人都在忙着收拾残局。

而方羡刚听完小酒保的转述，这会儿正坐在那里给穆迟深发短信，说："成了？"

穆迟深刚好推门进来，没看手机，方羡就问："手没事？"哪没事，血都给沁出来了。

方羡心里一痛，他可真会挑，选了自己最贵的一件衣服，真是要死了。

穆迟深没说话，坐下来脱了衣服随手扔在一边，问："有医药箱吗？”

“没有。”方羡嘴上这么说，可是也只敢说说而已，没一会儿，就给拿过来了。他看穆迟深自力更生，很仔细地包扎完了才说，“小姑娘呢？”

穆迟深笑了笑：“回家了。”

方羡觉得是春笑。这下算是明白了，也没想多问下去，却见穆迟深拿出一颗糖，粉红色的包装纸，两边拧成小蝴蝶结，递过来。

“什么？”

“喜糖。”穆迟深一本正经，“她给你的。”

“呵呵！”方羡愣了一下，随即一声冷笑，“你小子心还挺大的，伤成这个样子居然还谈恋爱去了……”

穆迟深白了方羡一眼，没说话。他低头翻手机，本来想打个电话来着，结果发现他现在应该还在对方的黑名单里，想了想就算了。这才顺便看到方羡的短信，明明就在面前，他还是回了句：“是。”

是是是，了不起。方羡白眼都要翻到天上去了，谁没有啊，于是回头朝着自己的小未婚妻喊了句：“小朋友，过来吃糖。”

陈时肆是第二天知道这个消息的，他觉得路冬夏跟发烧一样，从早上见她就没见她脸不红过，没忍住还是问了：“路路，你是不是看到我害羞啊。”

“我没害羞，我就是思春。”路冬夏推开他，觉得太不友善了，又给拉回来，偷偷摸摸地说，“其实不是，我就是谈恋爱了。”

“谁？你之前看电视时喊老公的那位？”

“穆迟深。”路冬夏很郑重地说了两遍，第二遍又补充了一句，“穆迟深，我男朋友。”

陈时肆就有点愣了，不是有点，是愣了半天，问：“什么时候？”

路冬夏老实交代了自己又偷跑出去的事，陈时肆沉默了一会儿，又问：“路路，你昨晚是不是喝酒喝多了？”

“我不喝多可能还要早一点。”

陈时肆有点看不惯这种一恋爱整个人就变傻了的感觉，以前的路冬夏再怎么，陈时肆也不愿把“傻”这个字给她，他都是把她归于白痴那一类的。

而现在，陈时肆不说话了，本来想拍拍她的头，又把手给收回去了，过了一会儿才说：“行吧，你开心就行。”说完又觉得不甘心，“这下真只剩我一个人发家致富了。”

“没事。”冬夏心已经不在暴富上了，“到时候你当世界首富了，给我包个大红包就成。”

“世界首富包红包都是包多少的啊。”陈时肆说话有点心不在焉了，也不知道在想什么，“包太少了会不会显得很抠。”

冬夏倒是认真思考了一番，说：“你就从今天起吧，不对，昨天，每天给我存一万，等到我结婚的那天你包给我，我绝对不嫌你抠。”

“不行。”陈时肆忽然抬起头，直愣愣的眼神看得路冬夏一愣。

他说："路路，我舍不得。"说完，心里跟剜开了似的，别开视线不知道在看哪里。

他说："我是说包红包我舍不得，我这个人其实还挺抠的。"

陈时肆真觉得自己抠，有关路冬夏的一切都很抠。

他还记得大概是初中那会儿，路冬夏莫名其妙地就开始堪比整容般地成长，明明小时候跟个地头蛇一样又浑又厉害的，那段时间不知道怎么特别招人喜欢，送情书的人可以排个队叫个号了。

虽然陈时肆那个时候市场也不比路冬夏差，小小年纪想跟他谈恋爱的都是三天一小批，两天一大批，还不带重样的。可是同样的事到路冬夏身上就不行了。

好多给路冬夏的情书他看见了就顺手给扔了，人家策划好久的表白也总被他给搅了。不知道为什么，总觉得那些愣头青是好好说都不敢说的人，凭什么配他们家路路。

而路冬夏也不介意，说反正我也不喜欢他们。于是，陈时肆就更加直截了当地替她拒绝了所有的人。

在他看来，路冬夏得留给最好的人，最起码不能比他差。

所以这么久，陈时肆所有的努力都是为了变成那个最好的人。最好，没有更好的了，所以要不就我吧。

而这一次，好像是从小到大第一次听路冬夏说喜欢，而那个人哪一点好呢，他觉得哪一点都不好，唯一一点好的，是路冬夏说喜欢他。

喜欢他。

陈时肆觉得自己完蛋了，他没法再用一种又变态又忸怩的方式把他的路路给留下来了。

这一次，路路她……留不住了。

28.

路冬夏第二天才和陈时肆一起去赎回自己的手机，完了陈时肆还多给了司机一百块钱，说谢谢你照顾我们家路路的手机，给您添麻烦了。

路冬夏觉得陈时肆可能是疯了，都开始胡言乱语了。

陈时肆说："你是不是觉得我有毛病？这样吧，你带我去找穆迟深看看病，他不是神经科的吗？"

路冬夏拒绝，说："陈时肆你别闹，你这个得去精神病院。"

对啊，他闹什么？陈时肆觉得这两天心里堵得慌。

"是啊，路路，我瞎闹呢，你别当真。"陈时肆把她送到医院门口，打了个电话，回头说，"路路，那我走了。"

"再见。"路冬夏觉得陈时肆可能是欠浪，出去浪一顿就什么都好了，也没多管。

她也没看见陈时肆的车子在原地停了很久，最后像一只迷路的小狗一样，融入车水马龙，然后消失不见。

路冬夏刚走进医院就收不住自己的心情了，就跟收快递一样，虽然这么比喻有点奇怪，可是这种又紧张又期待的心情真的没别的了。

冬夏摸出手机，觉得自己和穆迟深简直是最不合格的男女朋友了，到现在都没有联系方式。于是，她在十七楼穆迟深办公室门口找了个小朋友，说："能帮姐姐一个忙吗，作为交换，送你一颗糖？"

先入为主，杜绝已经长到她半腿高的小朋友开口就喊阿姨，冬夏说："帮姐姐把这个送到里面那个医生哥哥那里，就说你的路路来了。"

又是一封举报信，里面放着一颗糖。

小朋友虽然对糖很有想法，可是也很有原则，说："不能随便去，医生哥哥看病的地方，只有病人才能去，姐姐告诉我不可以随便打扰医生哥哥。"

行吧，挺有道理的。冬夏觉得这么一比，她连个小朋友都不如，可是现在是午休时间啊，她想跟小朋友解释一下，说："现在医生哥哥没有工作，肯定很无聊，我找他陪他讲讲话啊……"

"不要。"

"为什么不要，有糖吃呢，要是我的话肯定就去了……"

“路路？”

穆迟深刚从里面出来，就看见路冬夏蹲在地上逼迫一个小孩子，也只有她做得出来，不禁有点哭笑不得。

他走过去，把路冬夏给拉到身边。

小朋友应该也是在等他的，见了他立马说：“医生哥哥，姐姐今天也有很努力哦。”

穆迟深笑了一下，蹲下来比小朋友还要高一点，说：“很厉害，你也是。”

“嗯，我会继续保护姐姐的！”

“谢谢你。”

小朋友说完，看也没看路冬夏，屁颠屁颠不知道往哪儿跑去了。

路冬夏问：“他姐姐……是生病了吗？”

“嗯。”穆迟深站起来，两人的目光随着小朋友一起走远，却没多说什么，他看了眼她手里的东西，问，“你哪一次来能不举报我了？”

冬夏一愣，思绪被拉回来，理直气壮地说：“我没法给你打电话，就只能给你写信了。”

穆迟深很无奈地笑了一声，带着她去了办公室，找了半天手机然后递给她，说：“在这里了，密码四个零。”说完转过身准备换衣服来着。

路冬夏却意外了半天，说：“你不怕我看到什么不该看的吗？”

“比如说？”穆迟深随口问。

冬夏想了半天说：“比如说什么宝贝啊、机密啊之类的。”

穆迟深回过头来看着她，说：“宝贝就这么一个，带着呢。”

“哎？”路冬夏很厚脸皮地应了一声，“好了，我知道你的宝贝在这里了。”说完又觉得不好意思。

冬夏低头狂按电话号码，结果看自己手机半天也没响，还以为自己一紧张给打错了，可是看半天也没问题啊。

这会儿，她才把手机放在耳边，从穆迟深手机里传来冰凉的女声，说：“对不起，您拨打的电话暂时无法接听……”

怎么，医院信号不好吗？路冬夏奇怪：“我把你拉黑了吗？”

“嗯。”穆迟深自始至终就看着她一言不发，这会儿居然还应了一声。

可是怎么可能！不过冬夏忽然想起什么来，好像真有那么一个号码，唯一的一个，静静地躺在她的黑名单。冬夏头皮一紧，抱着试试看的态度，把号码拉回来，然后用自己的手机打了一遍，果然，穆迟深的手机上，闪烁着两个字“路路”。

行的，路路，路路可是个宝贝。

冬夏心里又甜又奇怪，抬头穆迟深早已经换好了衣服，正看好戏一样似笑非笑地看着她。

冬夏想了半天也没想到自己什么时候会拉黑穆迟深，于是说：“你是不是小时候追过我，我觉得烦就把你给拉黑了？”

再想想又觉得没道理啊。这会儿才记起来，上一次很愁的时候，这个号码打电话问她要不要买保险？

那是……穆迟深？冬夏都不知道该说什么了。

穆迟深在旁边很惹是生非地笑：“记起来了？”

“可是为什么啊？”路冬夏觉得穆迟深这个人，真的很不按常理出牌。别看一副规规矩矩温文尔雅的样子，肚子里的坏水比她还多。

路冬夏质问：“我每天都等着你的号码能拿出来拍卖呢，你为什么不给我还假装卖保险的给我打电话？”

“你说呢？”穆迟深问，眼看着小姑娘快要爹毛，又说，“想找你又不知道怎么找你，只能胡闹了。”

“……”

想找我又不知道该用什么样的理由找我，是不是喜欢我啊。路冬夏看着穆迟深，心里又甜又软，看了他半天，最后把眼神里的五分造作五分含羞拿捏得特别准，说：“医生哥哥……”

医生哥哥……

……

虽然怪怪的，不过还行吧，没那么难以接受，穆迟深揉了揉太阳穴，刚准备说话，楚医生就带着一位护士进来了。

楚医生很显然是听到了刚刚的话，看了路冬夏一眼，憋笑憋得脸都红了：“医生哥哥，换药了。”

“？”

一个男的，红着脸喊她男朋友，还喊得这么矫揉造作？医生哥哥是你随便叫的吗？路冬夏很抗拒地盯着楚医生看了半天，Gay？

楚医生自然不知道路冬夏立马在心里给他定了这么大一个位，也不知道自己从此多了一个“给给医生”的称呼……

楚医生问：“还换不换了？”

路冬夏这才意识到，不是楚给给医生让穆迟深去给病人换药，而是穆迟深需要换药，她心里一揪，问：“换什么药？”

穆迟深差点忘了还要换药这回事，看着路冬夏疑惑不解的表情，想着也不瞒着了，说：“换抱着你不僵硬的药。”

“……”

楚医生在旁边咳了两声，示意：“医院呢，注意点。”又问路冬夏，“你不知道你的医生哥哥受伤了？”

受伤？路冬夏慌忙去看。

穆迟深觉得一时半会儿也解释不清，说：“没事，昨天帮方羡搬东西磕到了。”

楚医生大概也明白穆迟深的意思，顺势支开路冬夏，说：“你去前面找护士长给我拿点纱布过来？”

路冬夏看了穆迟深半天，心里一疼，说：“我知道你不想让我看，我也挺懂事的，你说就好了，我就在外面等你。”

穆迟深看着路冬夏走出去，伤口不怎么疼了，就是心尖上有一种怪怪的感觉。

29.

路冬夏在外面也挺闲的。

闲着没事就四处转悠，恰好又看见了刚刚的小孩子，她想了想，还是从兜里又掏出一颗糖，走到他身边说：“喏。”

小男孩一副想接又不敢接的样子，冬夏说：“刚刚医生哥哥不是夸你了吗，这是他给你的奖励哦。”

小男孩这才接过来，说：“你也喜欢医生哥哥吗？”

难不成你也喜欢？冬夏说：“是啊，但是我喜欢和你喜欢是不一样的。”

“为什么？”

“因为你以后要喜欢别的女孩子的，医生哥哥是男孩子，就由我来喜欢了。”

小男孩似懂非懂，想了很久，说：“那我姐姐也可以喜欢医生哥哥吗？”

“不可以。”冬夏刚刚还笑得一副知心大姐姐的样子，现在跟戴着面具似的，拥有着白雪公主后妈般的干笑，眼睛里恨不得冒出几个字：杀了你哦。

可是见了面的时候，冬夏就不明白自己是什么心情了。

小男孩带冬夏去了住院部，一间单间的病房，女孩子坐在窗边的轮椅上，暖暖的阳光照在她身上，有一种干净透明的光。她大概没注意到这边，正拿笔写着什么，动作有些僵硬，怎么说呢，好像是无法控制自己的手一样。

连后来跟她打招呼的时候都是极不协调的动作，她笑："你好。"

"姐姐。"小男孩扑棱着跑过去，把冬夏刚刚给的糖递到那女孩子手里，"这是医生哥哥刚刚夸你，给你的奖励呢。"

冬夏愣了一下，没说话，看那女孩子有些吃力地从小男孩手里拿起糖果，嘴角的笑渐渐明显起来，十几岁的少女特有的娇羞与美丽全在她的眼睛里。

这下再怎么神经大条也明白了，后方一道阴影渐渐盖过来，冬夏回过头，看穆迟深走过来，在她身边停了一下，他又走过去。

坐在轮椅上的女孩子看着穆迟深来了，刚刚看见糖果时细微的表情更加显现出来，格外璀璨地笑了，说："穆……医生。"

很简单的三个字，在她念出来却缓慢而专注。

"嗯。"穆迟深应了声，走过去不知道跟她说了些什么。

女孩子问："手上……的……伤？"

"没事。"

后来又简单地说了几句，无非是医生与病人之间的对话，冬夏想听也听不懂。不过刚刚她听护士讲过有关这个女孩子的病，很生疏的名字，叫脊髓型小脑变性症。

护士说，会一点一点地丧失所有的行动能力，甚至是语言。

她多大啊。

十八岁。

那边话说完了，穆迟深才走过来问路冬夏：“怎么跑到这里来了？”

“借花献佛替你做好事呢。”路冬夏老老实实地回答，心里其实还是有点不高兴的，不过这种不高兴的苗头很快就被自己压下去了，“你看人家收到你的糖多开心……”

哪里是压回去了，一坛子醋味。大概她压根没注意穆迟深已经换了自己的衣服，这会儿过来也是找她的，顺便看一下病人情况而已，他笑：“心挺大的。”

“什么？”路冬夏装傻，怎么能不大呢，虽然挺吃醋的，连一个病人都知道他受伤的事，她却还在稀里糊涂嫌他怀抱太僵硬。

可是能怎么办，人家都生病了。这么说来，穆迟深也许是她努力做复健的动力和希望呢？自己又不能剥夺人家的希望。

这事怎么越说醋味越大了？路冬夏觉得自己要把自己给绕进去了。

穆迟深大概是看出来她一脸焦头烂额的情绪，心里想笑，说：“路路。”

“哎！”答应得真好听。

穆迟深说：“过来，我抱一下你。”

“……”路冬夏一边情绪忸怩，一边身体力行，被穆迟深拉进了怀里才说，“这不是还在医院附近吗，影响多不好呀？”

“不抱了？”

“抱！”路冬夏搂住穆迟深的腰，像谁跟她抢似的，又忽然想到什么，“你受伤了，你痛不痛啊？”

“是手，不是腰。”

“这样啊。”路冬夏觉得真要命，穆迟深的怀里居然这么舒服，就跟冬天早晨暖暖的被窝儿一样，进去了就出不来了。

穆迟深应该不知道她在想什么，问：“我的糖呢？”

“嗯？”

“你给我身边所有人发了糖，就没留我的？”

路冬夏思索了片刻，觉得穆迟深这个想法是不对的，哪有结婚还要给新郎送请帖的说法。这么想着，忽然觉得自己也不对，怎么就想到结婚上去了呢，怪不好意思的。

她说：“留着呢，这不是嘛。”她指着自己，“你路路可比糖甜多了。”

穆迟深看了她好一会儿：“挺能说的，就是脸有点红。”

路冬夏故作镇定：“因为是草莓夹心儿的。”

30.

草莓夹心儿的路冬夏自从变成草莓夹心儿就很放飞，在学校走路都是跳着走的，

周五晚上的时候，消失了一个星期的陈时肆忽然给她打电话，说一起出去吃饭。

路冬夏有点为难，毕竟刚跟穆双溪约完来着，她说：“陈十四，我最近准备考博士，很忙。”

“滚。”陈时肆的声音恨不得从听筒里跳出来，“路路，我都站在你学校门口了，你什么时候能不要站在我面前睁着眼睛说瞎话，捏着鼻子哄嘴巴了？”

行吧，还挺押韵的。路冬夏回过头，果然看见陈时肆站在后面，一身黑衬得腿长有两米八，还剪了头发，特别清爽地走过来。

怎么说呢，有点招蜂引蝶。冬夏收了手机，问：“怎么，准备对我校哪位美女下手？”

“教导主任吧。”陈时肆随口一说。

冬夏却认真分析了一番：“教导主任啊，行啊，今年四十七，男，膝下无子，两处房产……”

“就没想到你喜欢这样的。”路冬夏跟在陈时肆身后嘀咕着。

陈时肆仗着身高推着她的头往前走，走了两步又忽然放手，说：“都忘了，不好随便碰你了。”

冬夏一愣，喜滋滋："是吧，我现在可是有身份有地位的人。"说完穆迟深的电话就打过来了，"医生……"

冬夏看了眼陈时肆，觉得影响不好，硬生生把后面两个字折断了，说："你好？"

"不叫医生哥哥了？"穆迟深在那边调侃。

冬夏嘿嘿笑："我们教导主任的男朋友在呢，我怕他不好意思。"

说着，她看了眼陈时肆，那边简直是教科书般的忽视。

陈时肆垂着头摩挲着自己的掌心，有点空，刚刚毛茸茸的感觉仿佛还在，又不在了，真糟心。

穆迟深那边也没有多说，问："双溪说晚上跟你在一起？"

"嗯，我约她吃饭了。"

"那我晚点来接你们。"穆迟深大概还在医院忙，说完挂了电话。

冬夏毫不心虚地看着陈时肆，陈时肆问："跟医生哥哥谈恋爱就不跟竹马哥哥吃饭了？"

"什么医生哥哥竹马哥哥。"路冬夏脸不红心不跳，练就了一身镇定自若的反嘲讽，"你顶多算个小跟班。"

路冬夏脸皮能赶上城墙了吧，有事竹马哥哥，没事跟班儿子？

"行吧，"陈时肆叹气，"爱情伟大，就是可以为了爱情放我鸽子了。"

"也不是。"路冬夏觉得最近是有点没见着陈时肆，的确得关心一下他的精神状态，顺便分享自己的恋爱心得，于是耐心解释了，

“我跟人约好了。”

“谁？”

冬夏眼睛一转悠，又觉得陈时肆肯定喜欢性感大长腿来着，就把某个想法给压下去了，说：“穆双溪。”

“穆迟深爸爸？”

“他妹妹。”

“既然是妹妹，我就一起了。”陈时肆说完不容拒绝，径直往前走，路冬夏就知道是这样，自古十四爱赶场，哪儿有美女就荡漾。

冬夏跟穆双溪约好晚上六点在宿舍门口见面的，不过眼看都六点半了。

陈时肆想起什么来，问：“路路，他妹妹知道你俩的事吗？”

冬夏想了想，算是知道吧，那次去她家给做面的时候，她忽然就出现在自己面前，说：“你跟我哥在一起了吗？”

冬夏茫然点头，光顾着想穆迟深是怎么跟双溪介绍她来着的，也没留意穆双溪的表情。冬夏问：“怎么了？”

“我觉得……”

陈时肆话没说完，就注意到向他们走过来的人了。

穆双溪跟在一群人后面，跟上次见到时一样的状态，衣服头发都有些凌乱，裤子上还有些泥。

冬夏走过来，实在觉得不对劲，问：“双溪，你没事吧？”

“没有。”穆双溪有些刻意地避开，继而才注意到一旁的陈时肆。

冬夏介绍道：“这个是陈时肆，就是二七一十四的那个十四，我朋友。”

陈时肆郁结，什么叫二七一十四？上一次还说他是二十四桥明月夜的那个十四，仔细想一下也没问题，就是觉得路冬夏每次对他的介绍都让人需要冥思苦想一番。

陈时肆看了一眼所谓的穆双溪，弱不禁风的，脸色是不怎么好的。他皱了皱眉，说：“你好，陈时肆，今晚我代替路路请你吃饭。”

穆双溪看了眼陈时肆，又看向路冬夏，说：“不用了。”

“嗯？”

“我跟朋友约好了。”穆双溪声音很小。

路冬夏好不容易才听清，可是觉得奇怪，这么久还没见过穆双溪有什么朋友的……

正这么想着，后面跟上来几个姑娘，个个花枝招展，果然是冲着这边来的，她们目光毫不遮掩地落在陈时肆身上，说：“你们是双溪的哥哥和嫂子吧？”

另一个附和道：“我们是双溪的朋友，正准备带她出去玩呢。”

陈时肆环着手看了眼这群人，浓烈的香水味熏得人头疼，瞬间连装客气的欲望都没了，说：“嗯，差不多，随便了。”

路冬夏却一副老母亲一样完全不放心的表情，拉着穆双溪，问：

“你朋友？”

穆双溪低着头，那群女孩子紧紧地挽着自己的手，陌生的体温透过衣服传过来，像一块烧红的铁块烙在她的皮肤上似的，很久，她说：“是。”

冬夏还是觉得不放心，几个女生已经开始你一言我一语了，说：“哎呀，姐姐，你别跟双溪妈妈一样好不好，还管来管去的烦不烦？实在不行，你让哥哥和我们一起呀，看看我们把双溪照顾得有多好。”

陈时肆已经很压低自己的存在感了，这会儿还莫名中枪，有些不耐烦，说：“不了，谢谢。”

“可是……”冬夏还想说什么，穆双溪却开口了，语气前所未有的坚决，说：“路冬夏，我本来跟你也不熟，就算有我哥，现在也是我自己的事。”

完了，穆双溪又说：“我会跟我哥哥说的，你既然有人陪……”

她说着看了眼陈时肆，又接着说：“你就去忙你的吧。”

“……”路冬夏还没见过这样的穆双溪，以往都是沉默柔软的姑娘，今天像是浑身插满了刺一样，刺得有点疼，最后只能瓮声瓮气，说，“那你有事给我打电话啊，不要跑太远，我随时都可以来的。”

穆双溪没再说什么，握着自己胳膊的手越来越用力了，很疼了，可是也只是一言不发，跟着那群人走了。

陈时肆看了路冬夏半天，说：“出息呢？”

“陈十四，我老觉得双溪对我很有敌意。”冬夏有些发怔，又觉得挫败。

陈时肆甩开手，拍了拍路冬夏的头，说：“还好，没傻，我以为你看不出来人家讨厌你呢。”

开始就想提醒一下，我觉得人家妹妹未必想吃你请的饭。不过没说完就看人来了，这会儿没想到路冬夏还真没想过这回事。

“为什么？”

“还能为什么。”陈时肆拉着路冬夏走，“我就觉得这个妹妹对你医生哥哥……怎么说呢，挺复杂的……”

冬夏没怎么明白。

陈时肆简单解释道：“你抢了人家哥哥，还不准人家有意见了？就像我现在就对那个什么，穆迟深意见就挺大的。”

31.

穆双溪出事的时候路冬夏正和陈时肆在学校门口吃烧烤。

陈时肆一根一根地给路冬夏擦掉木签前的烟灰，然后递到她手里，说：“路路，你电话在响吧。”

路冬夏正在想什么事来着，仔细听还真是自己的电话，是穆迟深打过来的。

“在哪儿？”

“学校。”冬夏迅速地吞了一口食物，口齿不清，“你下班了吗？”

“刚从医院出来，现在去你们那儿。”穆迟深应该正在开车，似乎察觉到什么，问，“你们在哪儿吃饭，怎么这么吵？”

旁边是人撞啤酒瓶子的声音，还有什么谁十块钱的串之类的市井杂语。

冬夏心里一慌，忽然记起来穆双溪是不能吃外面这种食物的，赶紧解释了：“双溪没跟我一起，她跟朋友走了……”

“朋友？”

完了，路冬夏已经察觉到穆迟深忽然严肃起来的语气了。

她放下手里的签子，跟小学生检查作业一样挺直了腰板，说：“双溪说了是朋友……”

“路冬夏。”

“嗯……”都连名带姓喊人了，冬夏觉得自己的心都提到了嗓子眼儿，恨不得立马让穆迟深看到她有多乖，至少别用这种疏离的语气跟她说话。可是他看不见。

穆迟深说：“你知道双溪是生病的？”

“嗯。”路冬夏点头，“知道，双溪不能吃外面的食物。因为免疫系统的缺陷没办法像普通人一样通过自己的免疫系统杀死各种细菌病毒，容易感染……”

“所以，双溪从来不跟别人出去的。”

“可是……”

陈时肆眯着眼睛看着路冬夏，眼看着刚刚还吃得不亦乐乎的人现在跟要历劫了一样，有点看不下去，站起来顺手拿了路冬夏的手机，说：“穆迟深？”

“……”那边沉默了两秒。

陈时肆说：“我是陈时肆。”

“我知道。”

“那挺好的，省得我再介绍了。”陈时肆顺手按住想抢手机的路冬夏，“这事我必须说话了，我们路路有找到你妹妹，但是你妹妹自己要跟别人走我们也没办法，你说二十一世纪了我们一群高阶知识分子总不能禁锢人身自由吧。所以，你妹妹有什么事真跟路路无关，你也没道理惹她哭了。”

“……”又哭了？他说什么了吗？

“行吧，就这样。”陈时肆挂了电话，路冬夏这才挣开，急急地接过自己的手机，眼里泪都没干，问：“他说什么了？”

“路冬夏！”

路冬夏一愣，陈时肆这辈子还没这么连名带姓地喊她，今天是怎么了？喊全名很好玩吗，都喊她全名，喊得人一愣一愣的。

“陈时肆你叫我什么？”路冬夏满脸的梨花春雨外带不可置信。

陈时肆立马服软，心里一口气都快叹出沙尘暴了，说：“我说，路路，路路……你听错了，我真喊路路呢。”

路冬夏受气：“你喊我路冬夏了。”

“你不叫路冬夏吗？”

“路冬夏是你随便喊的吗？”

“行吧。”陈时肆妥协，轻声细语，“路路，我就是看不惯你这么被穆迟深欺负……”

“谁说他欺负我了？”路冬夏好歹是站在食物链顶端的人，对着陈时肆的一言一语都气势百倍，而且仔细想一想，穆迟深是真没说什么啊。

冬夏说：“他没欺负我，他就是跟我说话呢。”

“跟你说话你哭什么？”

“我没哭！”路冬夏真没哭，她吸了吸鼻子，“我天生眉眼盈盈，眸光动人。”

“行吧。”陈时肆也耍无赖，“我也没叫你全名，你听错了，我喊那个吃鸡腿的小哥哥呢，他也叫路冬夏来着。”

“？”

路冬夏正想着怎么发脾气来着，电话又响了起来，这一次是穆双溪。

冬夏清了清嗓子，立马接起来：“双溪，你在哪儿？”

“路路姐……”穆双溪的声音没有什么起伏，电话那头除了这几乎不可察觉的几个字，静得宛如一潭死水。

“双溪？”

“我在教一天台呢。”

“天台？”冬夏心里一惊，下意识地就提心吊胆了。

这边陈时肆已经收拾好东西，带着路冬夏往那个方向去。

冬夏还有点蒙，只能电话里赶紧安慰道：“双溪，你别乱来，站那里等我，我马上就来！”

“路路姐不用急。”寂静的吐息，冬夏很努力才能听清楚穆双溪的声音，她说，“反正已经这样了，你慢慢来。”

什么叫……反正已经这样了？

哪样啊？

路冬夏和陈时肆赶到的时候，穆双溪正坐在地上，脸上有擦伤的痕迹，衣服像是被撕扯过的，露出瘦弱的肩头。

很明显是被欺负过的，路冬夏心里一慌，陈时肆已经脱了自己的外套递过来。

冬夏赶紧跑过去将穆双溪扶起来：“双溪。”

“路路姐。”

冬夏将陈时肆的衣服给她裹上，眼里尽是担忧：“你没事吧，你朋友呢？怎么会把你一个人留在这里？”

穆双溪缓缓抬起头，眼神冰冷而绝望：“路路姐，我没朋友的。”她笑，却毫无笑意，“你也太好骗了吧，我有病啊，有病怎么会有朋友呢，说不定哪一天就忽然死在他们面前了，谁不怕啊……”

路冬夏心里一颤，似乎能想到那群女孩子戴着伪善的面具和甜美的笑意把她带过来，然后又是怎样露出最阴暗可耻的一面将她推搡在角落。

路冬夏说：“可是你有哥哥啊，你哥哥是医生，他一定不会让你随便出事的。”

“哥哥？”穆双溪看了她很久，嘴角露出一丝不屑的笑，又格外自嘲，“对啊，我有哥哥，可我哥哥也没有办法治的病，你知道是什么吗？”

“艾滋病呢。”穆双溪缓缓说道，嘴角浅浅的笑意，令人胆战心惊，“他居然也放心你接近我，就不怕我不小心传染给你吗？

“路路姐，我的哥哥他到底有没有把你放在心上呢？”

路冬夏还愣在“艾滋病”三个字中回不了神，怎么会这样呢……

冬夏张了张嘴却不知道该说些什么。

不是对她的病抱有偏见，也不是疑惑为什么穆迟深不告诉她。而是，双溪才这么小啊，虽然知道她身体不好，却从来没有想过是这种病。

冬夏试图把穆双溪扶起来，却有些吃力，说：“双溪，我带你去医院。”

“路路姐。”穆双溪叫住路冬夏，看她的时候眼睛里的空洞仿佛是要把路冬夏给吸进去似的，“路路姐，你怕吗？”

“不怕。”

“那如果可以交换的话，你抢走了我的哥哥，所以我可以拿走你的健康吗？”

路冬夏一愣，才觉得手心有些出汗，她张了张嘴却没发出声音，要怎么说呢，健康这东西……我也没有啊……

不然那一年路毋庸也不会带着她走了那么多国家了。

陈时肆不知道什么时候已经走过来了，一把捞起地上的穆双溪打横抱起来，毫不怜香惜玉，语气也是前所未有的冰冷，说：“不可以。”

“你可以有意见，但是不可以有要求，懂吗？”说完，陈时肆又叫醒还愣在那里的人，“路路，站起来自己跟上来，发什么呆？”

路冬夏刚到楼下救护车就来了，一起来的还有穆迟深，他的车子停在前面不远处，正急急地往这边赶来。

“双溪。”

穆迟深只是远远地看了冬夏一眼，然后就跟医护人员交代着什么。大概是需要同行的人，救护车走的时候，穆迟深叫冬夏：“要一起吗？”

“不了，路路也吓得不轻，我带她回去了。”陈时肆看路冬夏犹豫不决的，索性就给拒绝了，而穆迟深也没说什么。

人走了，路冬夏才慢悠悠地说：“其实，我想一起的。”

“晚了，回去睡觉。”陈时肆今天一整天好像脾气就很大的样子，说了转身就走。

冬夏似乎还有点没回过神，站在原地看了会儿穆迟深走的方向，硬生生又被掉头回来的陈时肆给拉了走。

喜欢一个人，她的一言一行、一颦一笑，哪怕是一个微微撩头发的动作，都是撩在心尖儿上的。

第八章
听蝉

32.

医院里。

二十七楼私人病房的灯从晚上九点亮到了十二点，穆双溪躺在病床上，侧着头看着窗外，眼睛却是失焦的。

旁边的手机响了一下，穆双溪拿起来，一串不算陌生的号码发过来的短信，说："我们答应你。"

穆双溪没什么表情，删了短信。

不管在谁看来，这都是一场校园欺凌吧，生病的女孩子受到同学们的欺压和排挤，甚至是暴力。

可是事实上呢，穆双溪觉得世界上是有恶魔的，比如现在的她，楚楚可怜的她。

穆迟深走进来，拿了水和药过来，问：“怎么回事？”

穆双溪接过来乖乖吃了药，声音格外平静，说：“已经没事了。”

“什么时候开始的？”穆迟深很少这么严肃地跟她说话。他搬出来后，的确对穆双溪的关心要少于从前，这是他的责任，他知道。可是他从来没有想过穆双溪会遇到这样的事。

穆迟深又问了一遍：“从什么时候开始的？”

“哥。”穆双溪垂着头，“你知道的吧。

“以前你和爸爸不管是谁，都会派人在身边看着我的。所以她们仅仅是排挤我而已，我也不在意，可是从什么时候开始，那些人就被你撤了呢？”

这一次轮到穆迟深沉默了，他以前的确有这样做，可是适得其反。这样似乎让人更加疏离穆双溪。不管是他还是穆延卿，始终是希望穆双溪像一个正常女孩子一样生活。

穆双溪笑了一声：“从路路姐出现的时候吧，其实我也相信路路姐可以带给我正常人的生活，可是今天你也看见了。”

“我们约好了，后来她朋友来了，我没办法……”穆双溪欲言又止，“路路姐说让我先跟她们一起，她会来找我。哥，我向路路姐求助过。”

穆双溪一言一语，她很少哭的，可不代表不会哭。而现在，刚好，眼泪流得不早不晚。

穆迟深一直没有说话，穆双溪也不敢去看他，毕竟是自己哥哥，她怕自己的谎言轻易被拆穿。

“哥……”穆双溪隐隐有些不安。

穆迟深却动了动，然后说：“早点睡吧，去学校的事先缓一缓，不想去就不去了，想去的话我来处理。”

穆迟深说：“以后不会了。”

“哥！”

那路冬夏呢，你不怪她吗？

穆迟深从病房出来，恰好碰见急急赶来的穆延卿和兰姨，兰姨朝着穆迟深点了点头，示意进去。

而穆延卿却被穆迟深拦在了门外，说：“双溪睡了。”

穆双溪的说词他不想让穆延卿知道，也没必要知道。

“怎么回事？”穆延卿语气不怎么好。

穆迟深沉默了一会儿才说：“我的原因，接她去晚了。”

穆延卿将信将疑，说：“她是你妹妹。”

“我知道。”

“你知道个屁！”穆延卿压着声音，“你自己想想，从你搬出去的这几年，对你这个妹妹关心有多少？你就仗着对我的那点恨意连带着恨了整个家，你要么就弄倒我，要么就老老实实待在这个家里，别一天到晚想方设法地气我。还有，别以为我不知道那个姓路的女孩子，你以前想玩随你怎么玩，可是现在你得给我定下来，你有你自己的路！那些野路子你最好给我消停点。”

“说够了吗？”穆迟深一直等他说完才缓缓开口，“虽然不怎么想听，但是不得不承认你有些话还是对的。”

“我以前是混账,想方设法气你,不过现在不一样了。”穆迟深说，“现在成熟多了，所以你放心，我不会再拿自己的感情开玩笑了，遇到了就是遇到了，很认真。”

“你！”

“她不是什么野路子，她叫路冬夏，以后得进穆家的门。”穆迟深丝毫不给穆延卿说话的机会，“爸，我就是告诉你这件事，而不是在跟你商量这件事的。”

“还有。”穆迟深走了两步又停下来，侧过头说，“我妈的事，我自己来，你既然当年都不管，现在也不需要你插手了。况且你现在有了新的妻子，这么做她可能会不高兴。”

穆迟深一直都知道，他在调查十八年前医疗废品二次利用事件的时候，他爸爸也同样在做这件事。

路冬夏抱着手机看了三个小时了，从床这头翻到床那头，大概等不到穆迟深的电话今天就不会睡觉了。

不过本来也就睡不着，穆双溪好歹是因为她的疏忽才让那群人有机可乘被欺负的。

不过双溪最后的话，是要怎么换，这事是能换的吗？况且，自己也没有能换的……

冬夏抠着床单，正胡思乱想的时候，漆黑的房间开始一闪一闪的，百分之百又是陈时肆在对面打手电筒了。

她也不知道陈时肆哪里来的这么莫名其妙的交流方式，当时还硬是送了她一个一样的手电筒。

开始是有点新鲜劲，找人的时候都不打电话，就对着窗口照，两人还特地学了一波摩斯密码。

不过，冬夏一直都是学了个半吊子，倒是陈时肆特别神奇，学了整整一套，完了还恨不得觉得自己可以进军中央情报局了。

路冬夏从床上爬起来，走到窗边，果然是陈时肆黑压压的一个轮廓站在他们家阳台。

陈时肆说："你为什么还不睡？"

"睡不着。"路冬夏直接发微信过去的，偏偏那边明明用着手机还在打什么摩斯密码，她看了个大概。

"不关你的事啊，你怎么这么喜欢背锅？"

"不是背不背锅的问题，是穆双溪只要再回学校，她们肯定还是得找她麻烦，可是也不能因为这件事就不回学校了。"路冬夏打字的手飞快，"陈十四，我好久没有称霸校园了。"

"怎么，你想发愤图强考个全校第一保送斯坦福吗？还能印个手印供学弟学妹们膜拜，从此称霸你们学校。”大概是话太多了，陈时肆终于舍弃了他古老的智慧摩斯密码，选择用更直接一点的现代方式说话。

“肤浅，”路冬夏回，“我想……打打架。”

上一次带着陈时肆打架是什么时候呢，路冬夏记不清楚了。

她虽然比较爱哭，但是哭这件事，完全就是自己生理上的缺陷。很多时候明明气势正热着呢，偏偏鼻子这么一酸，话没说出口，眼泪就能掉下来。她也很烦，觉得很苦恼，甚至厌恶自己这个令人难堪的生理结构。

毕竟路冬夏从来就没有看起来那么好惹的。

陈时肆半天回了几个字：“路路，你想清楚。”

肯定想清楚了啊。路冬夏软绵绵地坐到地上，就因为这事，穆迟深到现在都没有跟她打电话，她都愁了好几个小时了，难不成自己的初恋就这么存在了不到半个月就结束了？

可是春天都还没过完呢！

路冬夏怎么想都觉得不甘心，她忽然站起来，气势十足，穆迟深不给她打电话，也不代表她不能给穆迟深打电话吧。

冬夏没理陈时肆在那边说什么，后来那边急了又开始用手电筒刺眼睛了，冬夏索性进了屋子，拉上窗帘，长呼一口气，顺便把号码给拨了出去。

有点漫长的待机音，十秒钟的时间跟过了十年一样。

33.

穆迟深还在医院，靠着车子看着漆黑的夜空，连着周围也黑黢黢的，只剩自己手中明灭的烟头。

前面一辆车子忽然发动，尾灯照亮了前面的一块，穆迟深眯了眯眼睛，看了一眼，车子已经拐出了这块地。

手机就是这个时候响起来的，他看了很久的屏幕，之前存的路路两个字不知道什么时候变成“路路宝贝儿”，穆迟深才意识到，这还是路冬夏第一次给他打电话。

“喂，是我，路……冬夏。”路冬夏的声音很软，跟平时有点不太一样，似乎是有点怕。

“嗯。”穆迟深将烟蒂按进旁边垃圾桶的烟沙里，等着那边说话。

路冬夏小心翼翼：“双溪她没事吧。”

“没事。”

“对不起。”

“不怪你。”穆迟深说完后，电话两端忽然陷入了谜一样的寂静中。

那边路冬夏正在绞尽脑汁想着怎么开口，而这边穆迟深正想着路冬夏满脸为难的小表情。

后来，路冬夏那边大概是实在憋不住了，问：“穆迟深，你还记得吧。”说完又觉得太含蓄，穆迟深不一定能听懂，又说，“还记得，我……跟……你，还有什么……就是现在……还在春天之类的。”

路冬夏已经有点语无伦次了，她总结了一下，问：“你还记得我是谁吧。”

漫长的沉默，路冬夏甚至觉得穆迟深下一句话可能就是，路冬夏，要不算了吧，我后悔了。

可是穆迟深却开口了，嗓音在夜里格外低沉：“记得。”

他说：“路冬夏，我女朋友。”

这一句话让路冬夏特别受用，一开始的纠结委屈全不见了，就剩下无限膨胀的甜蜜，她笑：“我还以为你忘了呢。”

“尝都尝过了，没忘。”

尝过了，草莓味儿的了，路冬夏那边是开心了，可是穆迟深自始至终都觉得心里堵，他说：“路路，你在哪里？”

“嗯，在家呢。怎么了？”

穆迟深抿了抿唇，说：“没事。”只是从见到她到现在，满眼都是陈时肆和她站在一起的样子。陈时肆……穆迟深沉默了。

好像遇到路冬夏之后就多了许多不曾有过的情绪，至少在过去，从来没有过这样的感觉。过去的穆迟深是无欲无求的，自己想要的不想要的都能不动声色地处理好。而今天，在电话那边的声音变成陈时肆的那一刻起，他就没法控制自己的情绪了。

所以对着穆延卿说的那些话，也许不仅仅是说给他的。对穆迟深来说，更像是给自己吃了一粒定心丸。

路冬夏听这边没声音，忽然开口，问："穆迟深，那你在哪儿呢？"

穆迟深回过神来，看了看周围，说："医院。"

"那我来找你好不好？"路冬夏向来想一出是一出，"就是很想你了，想来见见你，今天说好的约会也没了，好歹是第……"她算了算，"第三次约会呢。"

大概跟喜欢的人一起做的事情，每个数字都是独特的纪念。

穆迟深笑了一声，没准，说："早点睡。"

没打电话睡不着，打了电话就更睡不着了。

冬夏这才意识到外面的灯光还在闪，她回头看了陈时肆给她发的好几条消息，说："路路，你好歹是个女孩子，怎么跟个浑小子一样打打杀杀的？这样吧，要不交给我来，文明人得用点文明的方式。我跟你们校长可能有点交情，我来吧。"

路冬夏还浸泡在恋爱的蜜汁里，她说："陈十四，你说了算，今天听你的。"

而陈时肆那边不知道是不是睡着了，半天都没有再回。

手机响了一下，结果是路毋庸，说大概是凌晨会回来，让她别把门给反锁了。

好像很久没有看见自己亲爸了，冬夏觉得自己就跟个留守儿童似的，心想着反正也睡不着，就起来等路毋庸了。

大概是一点多的时候，路冬夏才听见外面车子引擎熄灭的声音，还以为是路毋庸到了，可是久久都没有听到进门的动静。

冬夏觉得奇怪，跑到窗边拉开百叶窗，细细的光挤进来，同时映入眼帘的，还有一道颀长的身影，站在路灯下，颀长而挺拔，还真会发光的。

穆迟深！

穆迟深啊。冬夏反应过来的时候，自己已经站在了他的面前，身上还穿着单薄的睡衣，脚下踩着一双薄底的拖鞋。

她难掩兴奋，问："穆迟深，你怎么来了？"

穆迟深没说话，一把将她拉进怀里，声音像是耳边的梦呓，说："先抱一会儿再说。"

不知道为什么，总觉得自己像是在害怕什么，怕路冬夏和陈时肆之间二十年的感情，还怕穆延卿被查这件事。

穆迟深忽然觉得很累，累的时候就想到这么一个出口，路冬夏。

冬夏愣了一下，周身带着凉意的风被隔开，只剩穆迟深身上的恒温，带着凝固的血液渐渐回暖。

行吧，抱着说也行，要短话长说。冬夏悄悄地裹进他的衣服里，完了还跟兔子一样格外可怜地看着他，说："穆迟深，我有点冷。"

穆迟深压下心头所有的情绪，在她头顶轻声笑，笑完了说："不是说想我了吗，来给你看看。”

冬夏心里跟浇了蜂蜜一样，小声嘀咕：“光看看……怎么能解相思苦啊。”

“不然呢？”穆迟深等她的答案。

不过冬夏㞞，最后只能憋出：“得多抱抱。”

“……”

穆迟深似乎真的只是来给她看看的而已，他退开点距离，说：“行了，天冷，快回去。”

“生病了可以去找你吗？”冬夏死缠。

穆迟深拒绝：“医不对症。”

“谁说的，你就是我的药。”路冬夏义正词严，“不是说爱情是一场伤风吗，所以你就是我的药，对症下药。”

“伤风好了，不就没有爱情了？”

“那是因为……”冬夏绞尽脑汁，忽然想到一句话，“爱情总会变成生活，生活会变得喜悦。伤风好了，两个人就可以一起好好地生活了。”

“是吗？”穆迟深嘴角意味不明地笑。

冬夏也后知后觉，爱情变成生活……不就是结婚的意思吗？反应过来才觉得不好意思，乖乖退开。

不过，这个距离和身高，刚好能看到穆迟深的喉结，微微凸起的弧度，冬夏看了一会儿，又说：“穆迟深，你的体温是多少？”

穆迟深不明所以，说：“什么？”

“听说，体温 37.7 度的人，这里……”她指着自己的下颌处，看着他的眼睛，“会有一种很好闻的味道。”

“你都是……”穆迟深话没说完，路冬夏忽然吻上了他的喉结，温软如此，像是有羽毛正撩在自己的心尖上。

穆迟深眯起眼睛，伸手却抓了个空，那一刻他就想把她勒在怀里，男人的劣根性。不过，幸好路冬夏跑得快，她跑了两步，回过头，说：“穆迟深，你完了。”

月色下，她笑得格外好看，说：“你完了，我又多喜欢你一点了。”

穆迟深笑。

而往后一点的那栋楼，陈时肆站在窗边，难得他爸带着那女人出去玩了，他就回来住了。可是……手机里是刚刚发的消息。路冬夏说：“陈十四，你说了算，今天听你的。”

陈十四回：“路路，你太乖了，我会想娶你的。”

可是刚刚注意到路冬夏那边的时候，他不由得苦笑了一声，无奈，撤回一条消息。

然后，他看着路灯下两人交织在一起的身影。

可是他们在说什么呢，情人之间的耳语？

陈时肆还记得很久以前跟路冬夏讲过，当人的体温有 37.7 度的时候，下颌处会有一种很好闻的味道。

那个时候，路冬夏一直缠着他问怎么撩人于无形，陈时肆没辙就这么说了一句，还是从电视上学来的。

可是他没有说的是，喜欢一个人，她的一言一行、一颦一笑，哪怕是一个微微撩头发的动作，都是撩在心尖儿上的。

不过对于路冬夏来说，或许恒温定理更有意味吧。陈时肆想，以前说的不知道她还记不记得，也不知道她到底开不开窍，会不会把从他这里学到的拿去追别的男孩子。

早知道就不跟她讲这些乱七八糟的东西。陈时肆想，他怎么就这么愁呢？什么都愁？

34.

冬夏觉得自己脸皮有点厚。

照电视上演的，要是被讨厌了就应该少在人面前晃悠，可是她倒是能闲得每天去医院看看穆双溪。

她还特别贴心地带了所有的辅导资料和借来的笔记。

穆双溪每次都是说谢谢，也不知道算不算稍微看路冬夏顺眼了点。

双溪出院那一天也是路冬夏帮着收拾的，冬夏说：“双溪，你还回学校吗？”

“你觉得哥哥想我回去吗？”

路冬夏没明白她问的什么问题，只是知道后来穆迟深有亲自去学校处理这件事，据陈时肆的可靠消息，那边几个学生已经被处分了，严重点的都被赶回家待着了。

现在也没那么多乌烟瘴气的环境，挺好的。冬夏说：“他应该是想你可以正常点生活吧。”

“你觉得可以吗？”

“没什么不可以的啊。”路冬夏想说，生病没那么可怕，至少她的病也没那么可怕。

“路路姐。”穆双溪看着窗外，不知道在想什么，忽然说道，“其实我不喜欢那家的面的，有时候觉得恶心。”

路冬夏隐隐觉得她可能得说什么大事了，可是张了张嘴又拦不住，就老老实实听。

穆双溪说：“只是那家店子是坐在我哥哥办公室刚好能看到的地方，如果我说特别喜欢，他看到那家店的时候，就会想起我。会记得给我带一份面，会记得我还在那个他不想再进去的家里。”

冬夏心里一沉，果然，陈时肆之前猜得没错，那个时候他就说了句“你家医生的妹妹看起来挺放肆的”，这会儿冬夏才明白过来是什么意思。的确算是打过预防针，可是当事实真的这么坦荡荡地在她面前撕扯开的时候，冬夏觉得自己还是没有想象中的那样能应付。

路冬夏抠着手，说："双溪，他是你哥哥。"

"他不是我哥哥。"穆双溪眼底一片死寂，像是被冰层覆盖的湖面，"我喜欢的人，怎么会是我哥哥呢？"

"可你是他妹妹。"路冬夏哽了哽喉咙，尽量使自己的声音听起来淡定点，还好没有预想中的慌乱和无措，她说，"你不承认他是你哥哥，也不得不承认你是他妹妹呀，所以，双溪，这是一个单箭头。哪怕你真的喜欢他，也只是你喜欢他，他没办法回应你的。"

冬夏越说越来劲了，忽然觉得自己很有当后妈的潜质，笑里藏刀用得很好。不愧是曾混迹过街头的人，还有电视剧看得多，接受度也变高了点，仔细想一想，左右不过喜欢这种事衍生出来的意外，人不对，可是本质是没什么区别的。

穆双溪脸上的笑渐渐凝固，说："路冬夏，你跟我以为的有点不一样。"

"那肯定啊。"路冬夏眨了眨眼，"都是小丫头片子，谁还没有两副面孔啊。"

"弄完了？"穆迟深进来的时候，两人都已经准备好了。

冬夏正把最后一件衣服收进包里。说："我下午还有课，就先回去了啊。"

穆迟深还没点头，穆双溪却开口了，说:"路路姐，我跟你一起吧。"

"嗯？"路冬夏想拒绝，虽然脸上一副无所畏惧的表情，可是穆双溪的事她还是需要自己一个人静下来好好想想的。

毕竟是穆迟深，是她喜欢得不得了的人，而穆双溪又是他妹妹。以后总得面对这些事的，所以能怎么办呢，她暂时还不知道该怎么办。

她看了穆迟深一眼，说：“还是不要了，你回去好好休息啊，今天也不赶着上课，大学里边掉几节课也没关系。”

“那你晚上会来给我煮面吗？”

穆双溪就是摆明了非得把她拉进修罗场了。冬夏笑，正为难着，穆迟深走过来接过路冬夏手里的包，声音很冷，对穆双溪说：“兰姨待会儿就过来了，你先和她回去吧。”

“那你呢，今天回家吗？”

“晚上我去接路路，和她一起过来。”

“……”

冬夏在背后悄悄看穆双溪，又看了眼穆迟深，没说话了。

送走穆双溪之后，穆迟深带冬夏去吃饭。冬夏也没什么心情，看着穆迟深一副欲言又止的样子。

“看几眼能当饭吃吗？”穆迟深抬眼，大概早就知道她有话说，“路路，有事情说出来。”

冬夏也是这么想的：“穆迟深，双溪她……”支支吾吾了半天，她索性豁出去了，“她不喜欢我，你知道吧。”

“知道。”穆迟深不咸不淡。从穆双溪出事的时候他就看出来了，但是当时下意识的，他选择相信路冬夏。这么想着大概是跟路冬夏待久了，有点吃里爬外。

“可她喜欢你，”路冬夏放下筷子，长舒一口气，“穆迟深，穆双溪喜欢你，可能不是因为你是她哥哥，是因为你是……穆迟深。”

穆迟深终于停下了筷子，沉默了一会儿，说：“我是她哥哥。”

“我知道你是她哥哥，可是她就是这么跟我说的啊。”路冬夏咬着吸管。

穆迟深笑了一声，有些无奈：“路路。有些事我可能没有说清楚，你也没能知道。”

“那你说。我听着，记下来，还拿笔画重点。”冬夏认真地看着穆迟深。

穆迟深觉得路冬夏挺磨人的，说：“双溪出生的时候遗传了我妈身上的病，很多时候连正常的生活起居都做不到。大概是觉得和别的小孩子不一样，也没什么朋友，所以她从小就有些孤僻，很长一段时间里我是她唯一能说话的人。”

冬夏盯着空气中的某一点，不知道在想什么，穆迟深说：“所以她可能只是比较依赖我。”见路冬夏呆呆的没什么反应，又说，“又或者是双溪现在只是对你的敌意太大，一气之下就完全分不清喜欢和依赖之间的区别了。”

冬夏收回神思，忽然觉得有点难过，说：“穆迟深，我都担心你是为了断了穆双溪对你的念头才跟我谈恋爱的。”

穆迟深显然没想到她还有这个想法：“你每天在想什么？”

“就想你啊。可是想你也挺麻烦的，谈恋爱真的是又复杂又麻烦。”冬夏狠狠地吸了口果汁，清甜的味道在舌尖晕开，心情就稍微好了那么一点，“不过有时候也挺好的。”

穆迟深觉得路冬夏挺厉害的，身体里仿佛有一套很完善的治愈系统，不管什么事情，大部分都是自己想想就能清楚了，挺省心的。他问：“哪里好了？”

“跟你谈恋爱就特别好。”

嘴巴也挺甜的。穆迟深抿唇笑了笑，大手按上她的头，说：“真是要为了什么目的跟你谈恋爱的话，那样还轮不到你。”

“嗯？”

“路路，这事我会处理好。”

路冬夏一直很奇怪陈时肆怎么就忽然从又乖又甜变成现在这样又野又浪的。
陈时肆笑，大概就是从那个时候开始的吧。
怎么能让你站在我前面，乖，站后面。

第九章
秋半

35.

其实路冬夏真想得挺明白的，穆迟深说得没错，也就是把依赖当成喜欢了，主要是她这个催化剂太猛了。

陈时肆也是一点都不诧异，一副不出我所料的表情，冬夏赞口不绝，不愧是见过大风大浪的十四小哥哥。

陈时肆白了她一眼，懒洋洋地问：“路路，我觉得你小时候也挺依赖我的，你怎么就不对我有什么想法呢？”

“还好吧，我小时候都在学习呢，没时间对你有想法。”

还好陈时肆对于路冬夏的敷衍已经习以为常了。

晚上，两人一起去春潮路的臻玄酒店，正好是路毋庸忙完一阵了，得空请两家人一起吃个饭。

路毋庸和陈叔叔已经等在那里了。冬夏和陈时肆两个人倒像皇帝一样，万般不情愿地拖沓着来了。

结果不出意外，陈时肆后妈宋秋在场，还有个很意外的，叫什么来着，路冬夏看了一眼短头发的女孩子。

短发女孩主动介绍了，说："宋半南，见过。"

"我记着呢。"路冬夏傻笑，她其实还挺喜欢宋半南这种女孩子的，干净利落又帅气，虽然有这么一个姑妈。

倒是陈时肆，招呼都没打，拉着路冬夏坐下来。

宋半南看过来明显有话要说的样子他也没理，他就对着路冬夏说："快吃快吃，吃完下一场。"

"还有场子呢？"冬夏能看出来陈时肆并不想多待的样子，小声问他。

陈时肆小声回了几个字："四方有羡。"

那好，行的，特别好。冬夏光顾着要不要给穆迟深打个电话说四方有羡见，也没注意到一旁宋半南的表情，嘴角意味不明地笑。

总之，整场下来冬夏瞬间又乖又老实，连路毋庸都奇怪："路路今天不和十四闹了？"

"不闹了，待会儿忙呢。"

"倒是比爸爸还忙了。"路毋庸打趣道。

冬夏笑："爸，你最近忙什么啊？"

路毋庸沉默了一会儿，是陈叔叔接的话："路路最近是不是谈男朋友了？"

这话题转得也太生硬了吧，路冬夏向陈时肆求助，对方置之不理。很气，她只能硬着头皮，说："哪有啊，我……"

憋了半天，想着不承认对穆迟深太不友好了，她最终还是说："是的，正热恋期呢，可好了。"

"酸死了。"陈时肆在旁边专心吃饭。

路冬夏用"精神"狠狠地白了他一眼，吃不到葡萄凭什么说葡萄酸。

一直没有说话的宋秋忽然开口了："什么时候带来一起吃饭呢。"

"姑妈，路路的事您就别操心了，我看他们好着呢。"是宋半南，也不知道忽然开口是什么意思，估计是想拦着自家姑妈，避免陷入人家家事里。

路冬夏笑了笑，干吗把所有的话题都压在她身上啊，她看了陈时肆一眼，露出一个善意的微笑，说："也不知道十四之前那个十四嫂现在怎么样了。"

"？"

"我吃好了。"陈时肆毫不客气，路冬夏甩锅也蛮不客气的，不过一家人有什么好装的，聊不下去就不聊了呗。

他站起来，顺便拉了一把路冬夏，说："想看十四嫂啊，走吧，现在带你去看看。”

路冬夏也挺乐意的，说了句：“爸、陈叔叔，那我们先走啦。”

“十四！”

任凭后面的人怎么喊，陈时肆就是拉着路冬夏不回头。

路冬夏不知道这场饭什么意思，可是他不会不知道。商人之间暗地里的交易，甚至扯上了宋家代表性的发言人宋半南。估计又是看上了哪块地的价值，遇到了点麻烦，得借宋家的权力了。

陈时肆挺烦这种事的，所以为什么要拉着他俩。

路冬夏多多少少还是知道一点，不过很少介入。她跟着走出来，然后小声问前面的人：“去哪儿，四方有羡吗？”

“我也去。”没想到宋半南居然跟出来了。

陈时肆对宋家所有人都没有好感，拒绝：“不好意思啊，摩托车只能坐两个人。”

“刚好，我也是摩托。”宋半南说，“四方有羡是吧，我送完我姑姑就来找你们，有点事要说。”

“回家自己对着镜子说去，我不想听。”

两人一来一去，就剩路冬夏有点蒙了，这两人怎么没见几面就觉得关系不太好的样子呢，还是背着她早就有不少交集了？

陈时肆就知道她喜欢瞎猜，不过也懒得解释。

宋半南大概从那一次开始就一直在跟着他了，宋秋也真行，明目张胆地在他身边放了一个活的监视器。

可是这又有什么必要呢，怕自己成为她征服陈家的绊脚石？陈时肆就想不明白，他们宋家家大业大，为什么偏偏要跟他们家缠在一起，也是挺烦的。

而在他们走后，包厢只剩这么两个人。路毋庸脸上瞬间愁云密布，说：“大哥，他们这次查得挺紧的，我怕我……”

“毋庸，”陈时肆他爸拍了拍路毋庸的肩膀，“只要我活着，就会保你。”

“我只是希望……这件事不会牵扯到路路。”

36.

四方有羡在周末生意格外好。

冬夏跟在陈时肆后面，说好在后面跟过来的宋半南也不知道被陈时肆彪悍的车技甩在哪条街道了。

而且路冬夏意外地发现，自己在四方有羡可能出名了。

至少老板可是拿她当贵客的，方羡正在调酒，远远地就看见门口探头探脑进来的人，走过去之前，很友好地给穆迟深发了条短信，说：“小子，你女朋友好像挺喜欢喝酒的。”

穆迟深刚做完一场手术，累得不行。

这会儿又在看医疗回收厂的合同，就是上次被路冬夏搅坏的那事，后来又找了几家。穆迟深很仔细地看了一遍，最后停在一家叫作恒远医疗回收厂的文件上。

路毋庸。

穆迟深的目光落在一个“路”字上，眯着眼睛不知道在想什么。

桌子上的电话就忽然响了一声，穆迟深远远地看了一眼，收了东西叹了口气。

刚还说路冬夏最近消停了点，这种感觉才持续了一分钟不到，她就又搞事情了。

挺喜欢找麻烦的女朋友。

方羡特地给路冬夏调了一杯酒，端过来的时候被陈时肆非常不解风情地拦住了，一口下去杯子见底。

方羡愣了一下，一声路路还没有叫出口，陈时肆就说话了：“谢谢了，挺好喝的。”

敢情这一群都是强盗土匪啊！方羡望天，欲哭无泪，说：“路路，这可是特别为你和穆迟深准备的酒，情侣专用，这会儿一半被你这位朋友喝了，你看着办？”

很明显讹人呢，哪有什么情侣酒。路冬夏倒是无所谓，说：“那你把那一半拿出来，索性都给十四喝了，我们十四自攻自受。”

“路路？”

陈时肆喊得路冬夏头皮一麻，她忙说："我开玩笑呢。"

既然开玩笑，方羡就跟着笑了，毕竟是贵客，受穆迟深之托，还不得招待好了，说不定还是自己外甥媳妇，得好好相处。

毕竟很多穆迟深那边下不了手的，可以从外甥媳妇这边下手。

方羡把两人带到了包厢，基本上是好吃好喝供着，完了还特别贴心地说："我先去忙，有什么事叫我。"

冬夏有点不明所以，问陈时肆："我们难不成就是来……体验 VIP 的？"

陈时肆觉得路冬夏其实还挺傻的，说："你以为我闲着没事就喜欢把你往这里带给自己添堵？"

"不然呢？"

陈时肆说："他约我过来的。"

"谁啊？"路冬夏装傻，可是明显逃不过陈时肆的法眼，她说，"怎么不约我？"

陈时肆接到电话的时候也很诧异，他没想到穆迟深会给他打电话，不过想想两人也是没好好见过面，事情都到这个程度了，再不见就见不着了。

至于把路冬夏也带过来，陈时肆说："怕挨打，带你过来撑腰。"

路冬夏虽然不明白穆迟深的意图，不过还是莫名开心，说："你傻吧，你现在和穆迟深打架，我肯定站穆迟深一边啊。"

"？"陈时肆一口气堵在嗓子眼，"路路，你才认识他几天？

就已经不是胳膊肘往外拐了，恨不得整个人都跳出去了。”

“不是认识他几天的问题，是接下来要跟他一起过几百年的问题。”

百年？百年挺好的，百年好合。

陈时肆没来得及说话，包厢门就被推开了，先是穆迟深进来，情侣俩还没开始腻歪呢，然后方羡就跟进来了，朝着路冬夏招手，说：“路路，出来。”

为什么？为什么要给两个男人留单独的空间。

路冬夏说“不”，看了几人一圈，说：“难道不应该是陈时肆出去吗？”

“路路，你慢点。”陈时肆头疼，“你才几岁，想跟男人有私人空间再等两年好不好？”

“不了，我已经成年了。”

“路路。”还是穆迟深喊她名字的时候比较好听。

路冬夏站起来，小跑着过去说：“你终于看见我啦？”

“我没瞎。”

“那你进来不先跟你女朋友打招呼？”

穆迟深也够无奈的，说：“我跟你朋友有话要说，你想听？”

冬夏想了想，陈时肆现在应该跟爸爸嫁女儿的心情是一样的，大概有不少事要交代穆迟深，待会儿说不定还哭起来了，就觉得挺难为情的，说：“那我出去买醉啦，你们好好聊聊。”说完，她又警告陈时肆，“什么该说什么不该说，你给我分清点。”

穆迟深问她：“什么不该说了？”

“喜欢你啊。”冬夏信口雌黄，“喜欢你这件事我自己说。陈时肆要是说喜欢你了你就告诉我啊，我死也会把他掰直的。”

“路路你！”

没等陈时肆说完，路冬夏就追着前面的方羡跑路了，很快。

“你还挺乖的。”方羡站在前面等了她一会儿，“我以为你得站那儿看热闹，多好啊，两大美男对峙，跟后宫争宠一样，你就应该偷偷看一看享受一下。”

“哪有什么后宫，就一个，叫你舅舅的那个。”路冬夏觉得方羡说的那种情形完全是修罗场，哪有人喜欢，她要真是皇上，也是弱水三千只取一瓢的那种千古绝唱。

至于陈时肆，路冬夏说：“十四不一样，又说不出来哪里不一样，但我还是分得清的。”

方羡都被绕晕了，说：“行吧，就你懂事。”

“那肯定啊，”路冬夏得意扬扬，“我可好了，特别好，穆迟深可有福气了。”

“那你叫一声舅舅。”

“什么 Joe Joe？你的英文名吗？”

行吧，方羡有点眩晕，小姑娘也没那么好骗。

而包厢里，一扇门隔出两个世界，外面的喧闹嘈杂仿佛已经是另外一个世界的声音了。

穆迟深依旧站在原地，陈时肆也没有动，说："你特地约我出来，不是就跟我相看两无言，惟有泪千行的吧。"

"不至于。"穆迟深走过来，也没卖关子，"说说路冬夏吧。"

"她不喜欢别人背后议论她。"陈时肆傲娇得很。

穆迟深也不急："要不把她叫回来？"

"行吧。"陈时肆妥协，万般无奈也只能和着酒水一起咽进肚子里，"你说。"

"陈时肆，她挺依赖你的。"

笑话。陈时肆给他倒了杯酒，说："我跟她出生那会儿就认识了，是挺依赖彼此的。"说完倒自己先喝了。

穆迟深才拿起杯子，晃着杯中透明的液体，说："早了二十年，挺嫉妒的。"

陈时肆觉得穆迟深可真装，格外不屑："你难道不是在闷着开心吗，我二十年都比不上你两个月。你就是靠着这股劲来摩擦我的？"

"也不全是。"穆迟深说，"有点事想跟你了解一下。"

"什么事？"陈时肆毫无防备，所以穆迟深说出来那几个字的时候，他还是愣了一下。

"路路的病。"穆迟深好歹是医生，路冬夏每天定时定点按时吃药比吃饭还勤快，还义正词严说是美白丸、瘦腿丸厉害着呢。

他怎么会相信。

“你觉得路路有病？”陈时肆嘴角扯了点笑，“她恨不得飞天入地的，能有什么病？”

“陈时肆，我是医生。”

“那你还来问我。”陈时肆觉得自己可真不友好，相反穆迟深一直不咸不淡的语气，显得他很浮躁。

可是怎么能不烦呢。

路冬夏的确是有病的，小时候还被她爸搞到国外去治了很久，后来病情是压住了，只要按时吃药，跟正常人没什么两样，所以这么久以来，不是穆迟深忽然提起这事，他都快忘记了。

陈时肆叹了口气，声音却平静很多，说：“我也不清楚，路叔叔说是一种叫作威尔逊的病，由于身体机能无法代谢铜元素。不过借助药物是没什么大问题的，很健康，就跟你现在看到的她一样，不会给你带来什么麻烦的。”

穆迟深一直没说话。

陈时肆又喝了一杯酒，说：“穆迟深，路路挺喜欢你的，所以可能想把最好的自己给你，不说这个也是不想让你担心。”

陈时肆忽然觉得胸口闷得慌，他觉得自己可能有点醉了，话特别多：“既然选了她就好好对她了，她要是过得不好……”过得不好能怎么办呢？他笑，“算了，她没心没肺的，你要是让她受委屈了，她八成跑得比你快，过得比你好。我没什么好担心的。”

穆迟深笑笑没有说话，觉得路冬夏把陈时肆带得也挺好的。况且，既然选了她，可是为什么选了她呢。

不是选择，是因为在她之前，他可能就开始喜欢她了。

陈时肆不知道还有什么要说的了，空气里只有酒水落进杯子里的声音。穆迟深的声音要轻松很多，可是陈时肆怎么听都觉得是在挑衅，穆迟深说：“我听说过一点她小时候的事情。据说挺浑的，打架斗殴的，还带着你收保护费。”

好像已经过去很久的事情了，陈时肆醉醺醺的，仿佛看到当年那个瘦小的背影，歪歪扭扭的双马尾，脸上脏兮兮的，捏着拳头站在他面前说：“你们不准欺负十四！不然我咬死你们！”明明前一秒还气势十足，转过身的时候却一脸泪水，说，“十四，你放心，他们要是欺负你，我一定会咬死他们的。”

后来她还真咬过人，边哭边咬，嘴里念念有词：“让你们欺负十四，让你们欺负十四！”

后来，路冬夏一直很奇怪陈时肆怎么就忽然从又乖又甜变成现在这样又野又浪的。

陈时肆笑，大概就是从那个时候开始的吧。

怎么能让你站在我前面，乖，站后面。

“现在也浑。”陈时肆的视线渐渐清晰起来，没有黄土漫天的春潮路，也没有歪歪斜斜的双马尾。眼前是透明的玻璃杯，映着他的眼睛。陈时肆说，“又狠又厉害，也不知道哪里学来一身流氓的气质。痞得很，不过还是一样爱哭。”

“是挺爱哭的。”穆迟深说不出什么感觉，以前觉得人活着，抓住现在就不会有什么遗憾，可是遇见路冬夏开始，就觉得遗憾太多了，那些他没有参与的，有关她的过去，他真想去看看小时候那个没人管管的小痞子。

最后一杯酒下肚，陈时肆说：“穆迟深，你知道我喜欢她的吧。”藏了很久的话，没想到说出来的时候这么平淡，“跟你们家那种不一样，我是真喜欢她。”

“我知道。”谁都知道，或许路冬夏自己也知道，穆迟深说，“可是她现在归我管。”

陈时肆苦笑，却一字一句格外笃定，说：“所以，她归你管。”

因为我喜欢她，很喜欢了，所以才愿意放手，让她爱你。

不然你以为，凭我和她之间的二十年，我可以用尽手段把她留在我身边。

可是我喜欢她，我舍不得。

37.

陈时肆出来的时候，路冬夏正在外面喝牛奶，冬夏几步跑上去，看陈时肆一脸委屈样，问："你不会真被欺负了吧。"想想又觉得震惊，"你俩背着我干什么了？"

"喝酒啊。"陈时肆很快整理完情绪，依旧是吊儿郎当的神色，"两个男的在一起能干什么。"

"啥都可以干啊。"路冬夏格外纯真地看着陈时肆。

陈时肆心里发毛，说："路路，你要不让穆迟深给你买个央视的会员，你多看看走近科学、探索发现之类的节目好不好。"

"不是你买吗？"路冬夏可真会抓重点，"你上次还说了你买。"

陈时肆顿了一下说："我舍不得钱。"

"我们家钱也很重要的，以后花钱的地方多着呢。"路冬夏得意扬扬。

陈时肆听不下去了，说："我还以为穆迟深有多厉害，他喝酒没喝过我，被我灌醉了，还不是输给我了。"

"你干吗灌他啊，"冬夏娇嗔，那样子明明在说，我的天呢，陈时肆你也太开窍了吧，灌醉了放我床上！

随即，她立马撇开陈时肆，兴奋难耐，说："那你先回去，我得照顾他了。"

"路路？"陈时肆看着路冬夏一溜烟的背影，忽然想起什么，谁输了？他以为他赢了，结果是他输了吧。

怪不得，穆迟深可真够厉害的。

方羡路过，意味不明地笑，说："我那外甥从小没吃过什么好东西，喝过的好酒能买市区好几套房了。”

陈时肆看着路冬夏消失的方向，也笑：“喝多了，疏忽了。”

路冬夏很小心翼翼地打开包厢门，穆迟深正睡在沙发上，还好方羡出手大方，沙发又大又舒服，所以穆迟深窝在上面也没什么违和感。

她悄悄走过去，蹲在沙发边，有一种做贼的感觉。

可是要偷什么？

路冬夏仔细地看着他的脸，从搭着几缕碎发的饱满额头，到过分长的睫毛、挺立的鼻梁，然后是薄薄的唇。

要命吧，睡觉也这么好看？

路冬夏心里怦怦怦地跳。

她小声地喊：“穆迟深……”

没听见，可能真的是醉了。这么想着，路冬夏忽然发现，她好像没有一点节制地越靠越近了，再近一点就真的亲上了……那，偷亲不过分吧，可是……不行，太流氓了！

冬夏移不开目光，又下不了手，纠结来纠结去最后只能反反复复地喊：“穆迟深。

“穆迟深……”

算了！看看也挺好的，很赚。她准备站起来干点正事给穆迟深倒杯水的时候，胳膊却被拉住了，下一个瞬间，铺天盖地的温暖袭来。

穆迟深不知道哪来的力气，拉住她一把就给抱进了怀里，冬夏整个人都被他压在沙发上……刚刚还夸沙发大呢，这会儿睡两个人就有点小了。

不对，不小，两个人刚刚好。路冬夏窝在他的怀里，他坚实的胳膊紧紧环绕着自己，全世界都是穆迟深身上37.7度好闻的味道。

冬夏偷笑，稍稍抬头就能吻到他的下巴，她声音很轻，问："穆迟深，你睡了吗？"

"……"

"那我要亲你了哦。"依旧没有动静，可能真的是喝醉了，所以他应该不知道自己做了什么？那么他知道自己抱的是谁吗？

几个问题一出来，冬夏瞬间就忘了自己刚刚还想亲人家来着，这会儿只觉得这很关键，要是刚刚身边不是她，那么她的男朋友岂不是要抱着别的女孩子睡觉了？

越想越来气，什么一喝酒就醉的坏毛病。

刚想发脾气来着，又没气了，仔细想想，幸好是她。总之，幸好现在抱着的人是她……所以也没那么多假如。

冬夏终于安静了一会儿，过了一会儿又仿佛是自言自语，说："下次你要是再喝醉就不给你抱了，这一次是看你好看，我没见过这么好看的人，所以有点被冲昏了头脑，就很无脑地原谅你了。"

"下一次你就没这么幸运了。"冬夏说，"下一次你没什么筹码可以要挟我了。除非你能像我喜欢你一样，说一句喜欢我。"

而冬夏在穆迟深怀里没温存多久，手机里面的备忘录就响了。

恍然记起来还有事，可是又觉得这里太舒服不想走，瞬间有点明白“从此君王不早朝”是个什么感觉了。

很爽。

不过，也不能真误了正事吧。冬夏还是悄悄地拿开了穆迟深的手，然后再悄悄地离开。

还睡在沙发上的人慢慢睁开眼，路冬夏一走，有一种全世界都空了的感觉。

穆迟深想，他也完了。

我也比想象中要更喜欢你了。

38.

路冬夏接到穆双溪电话的那一天很突然，她迷迷糊糊睡醒，只听见穆双溪在那边说在哪儿见。

后来清醒后还以为自己在做梦，她看了通话记录才确定了，备忘录上的时间就是今天。

地点是学校西门的 KTV。

冬夏直接打了车过去，到地方的时候刚好九点。

搞不清楚穆双溪有什么事情，不过冬夏觉得，她和穆双溪之间那点伪装的东西都戳破了，这会儿两人都没什么必要好装的。

有些事情一次性说清楚了也省得以后抬头不见低头见觉得膈应，她在门口给穆双溪打电话，说："我到了。"

那边声音很吵，有谁在撕心裂肺地唱《死了都要爱》，冬夏头疼，老觉得自己在跟小学生打交道。

还好没一会儿就安静了，穆双溪说："你进来，在3028。"

3028……

冬夏推开门的时候，穆双溪坐在正对面的沙发上，前面散落了一地的酒瓶子，她手里还端着一杯。

旁边的几个女生好像就是之前在学校看到的欺负过穆双溪的女生，见她来了就先出去了，完了还说就在外面。怎么她看起来像是来打穆双溪的吗？还跟守卫一样守在外面，待会儿进来把她扛出去砍头的吗？

路冬夏目光尾随着他们出了包间，然后调侃："不是因为你都被退学了吗，这么快就成你小弟了？"

穆双溪笑，眼底全是轻蔑，她说："你大概弄错了，那天是我欺负她们来着。我说我有艾滋病，这群人怕得不得了，稍微弄点血出来她们可能就完了。"

穆双溪站起来，说："生活起居衣食住行总是有点漏洞的，我总是能有办法威胁她们。"

路冬夏觉得好笑，穆双溪现在特别像个小孩子，觉得自己身上带着可怕的病毒，谁不顺她就给谁一点血，反正总是要死的，即使只有一丁点概率，人也都是害怕那种小概率的。

不过，路冬夏是一副无所畏惧的样子："所以现在到我了？"

"路路姐，你不要跟我哥哥在一起好不好！"穆双溪走过来，硬是把一个请求句说成了命令句。

冬夏可真无奈啊，凭什么！人是她追到的，喜欢得不得了，为什么不在一起?

路冬夏说："不好。"又说，"双溪，你在想什么啊，就算不是我跟穆迟深在一起，也是别的女生，反正怎么样都不会是你的。"

"那又怎么样，能拖一天是一天，拖到我死就好了。"

"……"冬夏看着她渐渐逼近，"双溪，你今年才十八岁。"

"对啊，我才十八岁，十八岁没过过什么正常生活，十八岁就快要死了。"穆双溪泪眼蒙眬，眼底都是绝望，"你知道吧，我妈也是这样死的，明明怀着我的时候就生病了，为什么还要把我生下来，为什么要给我这样的一生？"

冬夏不知道，这些问题她不知道。每个人都有自己的生活方式，在她看来，不是穆双溪妈妈为什么要给她这样的一生的问题，而是，穆双溪怎样过这一生的问题。

她也生病，可是并不后悔自己活在这世上。

"双溪，"路冬夏心里难过，不知道怎样开口，只能说，"不是这样的。”

“你死了就好了吧。”穆双溪忽然说道，整个人眼神都变得猩红。

路冬夏一惊，这句话似乎不是从穆双溪嘴里发出来的，可是也只有她。

“你跟我一样就好了呀，你那么喜欢穆迟深，一定舍不得拖累他的对不对？”

“双溪，”路冬夏靠着门，“我来的时候跟穆迟深讲了。他应该正在来的路上。”

穆双溪笑了一声：“路路姐，我不怕的，外面那么多人，随便哪一个人逼我就好，我只要在穆迟深面前装可怜就好了。我是他妹妹啊，他能拿我怎么办。”

“他可以一辈子不见你。他会一辈子对我有负罪感，哪怕到最后没有爱，他也会照顾我一辈子。”

穆双溪忽然之间没有说话了，外面响起一阵敲门的声音。

然后那群刚刚出去的女孩子毫不客气地挤进来，她们推推搡搡，穆双溪被推倒在地，然后是冬夏。

后来发生什么事了呢，路冬夏在被迷晕过去之前，只看见那几个女孩子面容狰狞，说：“穆双溪，你玩我们呢！艾滋病？老子现在就让你得艾滋病！”

穆双溪没有艾滋病，只是免疫系统缺陷而已。

她妈妈当年怀她的时候，那家医院因为医疗器械二次利用导致她妈妈感染了疾病，于是还在肚子里的穆双溪也受到了影响，身体的免疫系统要比别人薄弱很多。所以，很多时候她只能待在家里，避免因为细菌感染诱发各种疾病。

穆双溪觉得自己骗一下就可以骗过她们，而那群人也并不简单。假装因为害怕而答应穆双溪帮她对付路冬夏，却只是在为自己拖时间而已，等到偷偷调查的医院结果一出来，穆双溪就完蛋了。

比如现在。

冬夏迷迷糊糊只觉得自己被背出了那个包厢，外面是迷蒙的早晨，还有冷飕飕的风。

穆迟深是第二天才得知穆延卿被检察院带走了的。

楚医生找他找得很急，说医院有一批器材被查出来卫生检疫不达标，所幸的是，还没有投入使用。

不过穆延卿难逃责任，医院有关部门也受到了调查，现在股东们正在召开紧急会议。

穆迟深早就料到会这样了。

从他开始调查十七年前的那次医疗废品二次利用相关的医院和工厂的时候，身边总有大大小小的事情。

比如上一次在方羡酒吧的事，比如现在穆延卿被带走。

他虽然跟穆延卿向来水火不容，可是，这件事上他还是相信穆延卿的。

毕竟当年他妈妈那件事，穆延卿难逃责任。所以不管怎么说，这种事都是敏感话题，穆延卿不会也不敢让自己的医院出现医疗器械二次利用的事情。

那个时候，穆延卿还是一名普通医院的外科医生，穆迟深妈妈怀穆双溪时正赶上穆延卿评职称的时候，所以很少能看到穆延卿，也没法被照顾好。

所以，穆延卿把怀着孕的妻子送到了一家私人医院，说是自己朋友的妇产科医院，可以放心，况且那里有专门的护产陪护。

可是穆迟深妈妈就是这个时候出事的……没几天那家医院被查，因为违规使用卫生不合格的医疗器材。

迟深妈妈就在感染之列，可是穆双溪已经足月了，如果生下来的话感染率在 25% 到 33% 之间。

站在医生的角度是建议打掉的，可是站在一对父母的角度，肚子里的孩子已经成形了啊。

穆迟深还记得那个时候他妈妈说的一句话，她说："如果孩子生下来是健康的，那是万福，如果不健康，那我也会带着她，活到死的那一天。"

他妈妈去世的那一天，穆双溪才刚十五岁。

所以从一开始，穆迟深就把所有的错归在了穆延卿身上，如果那个时候他多一点时间陪他妈妈，或者送去一个正规一点的好医院，就不会这样了。

沈晚打电话过来的时候，穆迟深刚开完会议，这件事暂时是被压了下来，相关的人都被带走了。

穆迟深站在空荡荡的会议室，听着沈晚在电话里说："你爸爸也一直在查当年那批事故医疗材料的事情。估计那家人当年是逃过一劫，现在过得好好的，你父子俩又查起来了……"

这些穆迟深都知道，所以他并不想让穆延卿也来插手，毕竟穆延卿是院长，身份敏感，有些事情还是比较适合他来做。

沈晚没听到穆迟深的声音，叹气："都过去了的事，你们非要再搅出水花，人家也不会坐以待毙。"

"过去了不代表不存在。"穆迟深忽然开口，声音冰冷，"她是我妈。"

穆迟深准备挂电话的时候，沈晚叫住了他，声音格外平静："穆迟深，还有一件事。这个世界上，你爸爸从来没有停止过爱你妈妈。"

至于沈晚，她的前半生并不怎么好，穆迟深的妈妈一直把她当亲人看待，一路拉扯着她长大。一直到现在，她身上所有东西，都是穆老师给的。

包括一双眼睛。

那个时候，沈晚因为一点意外眼睛受伤，穆老师知道自己没多少日子了，就把自己的眼角膜给捐了出来，走的时候也就交代了穆延卿几件事，其中一件就是——沈晚是个好姑娘，你替我照顾她。

穆延卿从来没有对她做什么帮助以外的事情，哪怕是后来有个名分，也是她要求的而已。有时候因为眼前的一些欲望，就会忘记很多事情。

沈晚觉得自己的确是太过分了，就算穆老师曾经说了，希望她能帮忙照顾这三个人，可最后她却用了一种最不讨喜的方式。

……

方羡的电话是在穆迟深挂完电话十分钟后响起来的。

他问："路冬夏在哪儿？"

穆迟深有点没回过神，头疼得不行，不过还是能分辨得出来那边的声音是谁，不是方羡，而是陈时肆。

陈时肆又问了一遍："路冬夏有没有跟你一起？"

陈时肆昨天出来后醉得也不轻，找方羡随便要了个房间待了一晚上，晚上路毋庸还打电话来了，陈时肆醉醺醺的，就说路路和他在一起，安全着。

可是今天上午醒过来的时候，路冬夏和穆迟深都不见了，方羡说，穆迟深刚接到电话走得很急，而且是一个人走的。

那么路冬夏呢？陈时肆反反复复拨打的号码，也只有一个冰冷的女声。

穆迟深开始觉得不安，就像很久以前，他妈妈去世的那天，他走到空荡荡的病房，问穆延卿“妈妈呢”，那个时候他妈妈已经不见了。

他记得昨天是喝多了，虽然意识还算清醒，可是也知道路冬夏从他怀里爬起来走了。那么然后呢？

穆迟深深呼一口气，说：“路路没和我一起。”

那边沉默了两秒，像是忽然炸开的冰面，穆迟深能听到陈时肆咬牙的声音，他说：“穆迟深，你真浑蛋！路冬夏是你女朋友！你昨天是怎么跟我说的？”

穆迟深定了定神，格外冷静，说：“找方羡，查监控。”

39.

穆迟深几乎是动用了所有的关系，视频监控从冬夏出了四方有羡到某一段路就找不到了。

那是去学校的路。

为什么要去学校？

穆迟深想尽量使自己镇静一点，可现在只能做到表面而已。看起来平静如水，可现在脑子全是乱的，太乱了，除了“路冬夏”三个字根本想不到别的。

有什么在脑海里一闪而过，可是他抓不住。

方羡费了好久的时间才黑进路冬夏的手机系统，他说：“双溪给路路发短信，约了见面。”

穆迟深凝眸，给兰姨打了电话，果然，那边说穆双溪说了昨晚不回家，住的学校。

穆双溪自从情况稳定之后，偶尔也会住校，所以兰姨也没有多问。

而现在……兰姨似乎也知道出什么问题了，问：“穆医生……”

“没事。”穆迟深挂了电话，问方羡，“手机定位有吗？不管是穆双溪的，还是路路的。”

方羡过了一会儿才说：“定位都在那家 KTV。”

穆迟深和方羡很快赶到 KTV。

是一家很老旧的 KTV，没有监控，也没有人注意到昨天这里少了几个人。

经理说：“我们这里通宵场就是晚上一两点关门、早上六点开门的，她们通宵的唱完了就等六点回去了，那个时候也没人守，谁能注意啊。”

只是有打工的学生想起什么，说：“是在 3028 包厢找到了两部手机，还以为是客人落下的等她们回来取呢。”

穆迟深接过来，路冬夏的密码他知道，打开，屏幕还停留在相机的页面，上面是他的照片。

是昨晚他睡着的时候，她偷拍的。

穆迟深没说话，不动声色地收起手机。

旁边的学生本来还有些怀疑是不是骗子或者坏人，又觉得不像，气质不像，还有这个男人的眼神，不像。

没有哪个骗子拿着手机的眼神是这样的，怎么说呢，大概是因为自己是旁观的，所以很能抓住这种情绪转折。

哪怕是极细微的，从温柔到悔恨然后是面无表情，然后就看不透了。

外面忽然传来一阵急促的刹车声。

陈时肆已经赶过来了，下了车看见里面的人，仅仅一个表情而已，穆迟深的每一个表情都在告诉他，他们没找到路路。

陈时肆气势汹汹二话不说抓住穆迟深的衣襟，他气，真的气，气自己怎么就这么放心别人会对路路好。他说："穆迟深，你到底长没长心！"

"她喜欢你，你喜欢她吗？你特么告诉我你是怎么喜欢她的？！"

一拳下来，穆迟深毫无反应。而陈时肆瞬间平静了许多，他站在那里，看着前面的人，一字一句，又绝望又无奈，最后不得不跟自己妥协，问："穆迟深，我怎么找到她？"

生气不是关键，揍穆迟深也不是关键，最关键的是，他现在怎么找到路路？

“方羡。”穆迟深没理会嘴角的疼痛，朝着方羡说，“找一下之前学校里找过穆双溪麻烦的那几个女孩子。”

穆双溪没有几个认识的人，如果真出事的话她们是最有可能的人。

他忽然想起路冬夏之前告诉过他的，双溪不喜欢她，那个时候他允诺过她会好好处理这件事。

可是他没有，他低估了穆双溪，始终觉得十八岁的穆双溪做不出什么出格的事情，毕竟也是自己从小看到大的。

可是他高估了自己，他没有能力保护任何人。

找不到了。

他们见到那几个女孩子的时候，一个比一个嘴硬，说是将冬夏她们扔到长途车上了，也不知道车子开到哪里去了。

穆迟深冷冷地看着她们，每一个字都带着冰刀般：“我不打未成年人不代表我不会针对你们家其他的人，至少现在你们还是靠你们爸妈活着的吧。”

他在威胁她们，当然，如果找不到路冬夏，他相信自己一定会言出必行。

反而是陈时肆比较直接了，不知道从哪儿拿来的玻璃瓶，狠狠地摔在对方脚边，“砰”的一声，玻璃碎片溅开。他说：“他不打我打！在我看来没有男女老幼之分，只有该打的和不该打的。”

陈时肆看起来一点都不像在开玩笑，其中一个女孩子慌了，声音带着点哭腔："我们真不知道，那个，我们把她们交给她男朋友了，她男朋友黑社会的……我们真的什么也没做，什么也不知道……"

方羡和穆迟深在一辆车上，陈时肆的车紧跟其后。

现在他们只能相信那个女孩子说的话，可是谁都知道，这样拖下去根本就不是办法，而且竟然还扯到黑社会上。

陈时肆正犹豫要不要告诉路毋庸，那几个女孩便因为害怕主动打了电话，说："要不放了她们吧……"

电话那头是长久的沉默，所有人都料到了，那边不认账了，那些作恶的女孩子大概也没有办法，一个比一个哭得凶。

而穆迟深和陈时肆也都各怀心事，那边莫名不放人，总是有原因的。比如忽然觉得两个女孩子不错，可以赚一笔，比如为了牵制某个人。

……

到最后不知道过了多久，陈时肆甚至无奈之下已经要了路毋庸以前年轻时攒下的路子，好歹也是在道上混过的人，大不了本市两股恶势力殊死搏斗一下，总之，他不会让任何人对路冬夏有伤害。

而穆迟深和方羡也不知道在部署什么，不过穆迟深的电话就是在这个时候响起来的。

陌生的号码让在场所有人倒吸一口凉气，穆迟深接起来，声线很稳，说：“你好。”

那边来意很明显，说只要不把这件事说出去，然后带上一笔钱，就告诉他们路冬夏在哪儿。

一手交钱，一手交人。

尽管早就给自己打过绑架的预防针，可是当事实真这么发生的时候，陈时肆还是压不住自己满腔的愤怒。

他们究竟想做什么？！

而穆迟深看起来要镇静得多，他面无表情，皱着眉对电话那边说：“好。”随即立马让方羡去准备钱。

他只要路冬夏和穆双溪安全就成，其他的他没心情管。

可是陈时肆要的不仅仅是这些，他要那些人再也不敢碰路冬夏，要让他们知道有些人是不能碰的。

方羡很快准备好了钱。

于是他们两辆车，方羡和穆迟深在前面，陈时肆紧随其后。

陈时肆一边紧盯着前面的车跟着，一边正准备联系路毋庸的时候，前面车子停下来了。他觉得奇怪，跟着把车停在路边，然后看见方羡从车子上下来，走过来，说：“我们就在这里等吧。”

“什么意思？”

“他们只准一个人去接。”

陈时肆看过去，穆迟深的车子已经走了，陈时肆忽然觉得有点奇怪，可是又不知道哪里不对，他问方羡："你放心他一个人去？"

"你也觉得奇怪吧？"方羡靠在车头，看着穆迟深走的方向，"我忽然觉得这并不是什么绑架，是有人在针对穆迟深。"

陈时肆心里一顿。

方羡笑："可是他没办法啊，他必须去，毕竟还是有一定可能的，要是路冬夏真在那里……陈时肆，就冲这一点点可能，他也一定会义无反顾的。"

义无反顾。

陈时肆没有说话。而方羡也只是抿了抿唇，穆迟深必然也想到了这一点，所以无论如何都是他要面对的事情。

而方羡只能做他能做的事情。

陈时肆握着手机，电话响起来，刚刚打没人接，而现在是路毋庸回过来了。

40.

穆迟深按照约定到了城北郊区的废弃工厂，可那里根本就没有人。

空荡的屋子里，有几把歪倒的椅子和散落的绳子，地上还有一张照片，是路冬夏和穆双溪被绑在这里的样子，披散的头发遮住了大部分脸，看不清表情，两人借着彼此靠在一起，似乎是晕了过去。

穆迟深握着照片的手隐隐发白，青筋毕露。他翻过照片，背面还有一排字“再查必死”。果然，他没有猜错。

他们并不是针对路冬夏和穆双溪，只是以她俩为要挟，阻止穆迟深再查下去。有关十七年前那次医疗废品二次利用的事件。

包括这次医院里的事情，以及穆延卿被卫生局医政科带走的事，也许都只是对穆延卿警告而已。

耳朵里的微型耳机传来一阵嘈杂的声音，是方羡，那边通过穆迟深身上的微型摄像头已经看到了大概。

方羡说：“穆迟深，她们不在这里。”

“有人联系陈时肆了，”方羡语气难掩激动，“是宋半南，现在和她们在一起，正在春潮路老后街的一家旅馆里。”

“宋半南？”

宋半南，穆迟深认识她，以前的校友，现在隔壁医院的心理医生。两人当年在学校读书的时候也算有过交集，可是，这事她怎么会插进来？

穆迟深心里一块石头落地，却又是一层涟漪，边往车那边走边听方羡讲：“这事以后再讲，至少陈时肆说是安全的。”

陈时肆接到宋半南的电话没多久，事实上，他也不知道这件事情她为什么会插进来，总之归功于她。

昨天，在臻玄酒店吃晚饭散了之后，宋半南先是送了宋秋回去，后来又自己去了四方有羡。

那时候已经不早了，她找不到两人，还好之前被陈时肆这样放鸽子已经习惯了，就索性既来之则安之，在四方有羡一个人待了会儿。

于是，她就看见了鬼鬼祟祟出来的路冬夏。

真的是鬼鬼祟祟，不知道是不是喝过酒的原因，脸通红，脸上的表情有点焦急难安，握着手机似乎在犹豫什么事情。

宋半南本来想叫住她的，可是看她一个人坐上了出租车，就放弃了。想了一会儿，宋半南叫了出租车偷偷跟了上去。

一直到冬夏进了 KTV，然后另外一群穿着不善的人把冬夏带出来。

大概那些人人高马大，把两个小姑娘夹在中间也没人注意，于是就这么带走了路冬夏和穆双溪。

是的，宋半南认识穆双溪，穆迟深的妹妹，曾经在她那里做过心理辅疗。

宋半南没有报警。

她跟了一路，那辆车围着城市绕了一天，最后辗转于各个地方，停下来的时候就是在春潮路老后街的旅店里。

那些人似乎并没有对两人做什么，却一直有人守在旅店门口，应该是在等什么指令。

一直到刚刚，她看见那些人撤走了，而路毋庸却出现了的时候，她才给陈时肆打了电话。

路毋庸，为什么会出现在那里?

陈时肆说：“我让路叔叔帮忙找人的。”

去春潮路的路上，陈时肆一直没有说话，握着方向盘的手青筋暴起，方羡说：“我已经联系穆迟深了，他正在往那边赶去。”

陈时肆回：“没事就好。”

话音刚落，一阵急刹车的声音，安全带勒得方羡生疼，他猛然咳了两声，疑惑地看着陈时肆，说：“怎么了？”

陈时肆眼睛有点红，却不知道在看哪儿，他说：“方羡，你先过去。”

“什么？”

“我得回去找穆迟深。”陈时肆的声音听不出什么起伏。

方羡也摸不透他在想什么。

他说：“陈时肆，我知道你心疼路路，穆迟深现在的心疼应该也不比你少，况且还有双溪在。我还没见过他这么干着急的样子……很有趣。还有，你要是想教训他……”方羡欲言又止，“我好歹是他舅舅，带上我那份一起。”

陈时肆没有说话，方羡一下车，他立马掉头，车开得飞快。方羡忽然有一种“他分明是抱着要去撞死穆迟深的冲动开车的”感觉。

城北废弃工厂是一个很偏的地方，穿过江边一道悠长盘旋而又荒无人烟的路才能过来。

穆迟深接到方羡电话的时候觉得奇怪，为什么他们要把他单独引过来。

可是回去的路上，他就知道了。

在他下车找人的短短十几分钟里，有人对他的车动了手脚，刹车失灵了。他们要他死，死在这样一个地方，车子冲下悬崖，运气好一点直接掉进江里，完全可以当成意外事故。

他轻笑一声，心情却格外镇静。

耳机里细细碎碎的声音，然后是方羡，他说："穆迟深，我找到她们了，她俩没事儿。"

两旁是急速倒退的风景，穆迟深忽然有一种连时光都在往后退的错觉，他缓缓开口，喉咙哽得难受，过了一会儿才说："路路在吗？"

一秒，两秒。

"有力气吗？"先是方羡的声音，然后就是那道细细软软的声音，如同羽毛撩在心尖上，她说："穆迟深，你的路路在呢。"

就这么一句话，穆迟深觉得自己眼圈都红了，他很努力才能压住内心逐渐蔓延的巨大的绝望，他说："受伤了吗？"

"没有……"

"他们欺负你了吗？"

"没有。"大概是药物还在作祟，路冬夏有点晕乎乎的，这会儿只会简简单单地说话，似乎是忽然清醒了，又说，"不对，他们欺负我了。

“穆迟深，他们欺负我了，对我可坏了，所以你得对我好，给我补回来。”

“好。”穆迟深听到耳边有风的声音，像是她淡淡的呼吸，可是很快又听不到了，他忽然觉得路冬夏离他好远，要是就在身边就好了，他想抱抱她。

路冬夏说：“那我就在这里等你，你待会儿来接我啊，我自己走不动了。”

“好。”

……

穆迟深深呼几口气，扯了身上所有的微型设备。

他也不知道究竟是哪里来的力量，即使在这种生死攸关的时候也能使自己尽量镇定下来。

这个时候，耳边已经不是呼啸的风声和轮胎碾过地面的声音了，而是路冬夏淡淡的仿佛呓语般的——你待会儿来接我啊，我自己走不动了。你得对我好，给我补回来。

路冬夏在等他，所以他得活下来。哪怕是苟延残喘，也要活下来。

穆迟深打着方向盘，直到对面一辆货车逼得他无路可走，那么短暂的一秒，脑袋里闪过一道白光。他觉得自己可能要对不起路冬夏了，甚至在想，路冬夏会等他多久？

等一会儿吧，她那么爱闹的女孩子，等一会儿就不会等了吧。

就在这么一瞬间，一股巨大的冲力撞上他的胸腔，他甚至觉得内脏都移位了，可是没有死。

前面是一辆熟悉的车子，车尾紧紧地抵着他的车头，一点一点地放慢速度。轮胎摩擦地面的声音尖锐而刺耳，终于撞上山壁，一道声响巨大。

穆迟深从弹出的安全气囊里缓慢抬起头，他认识这辆车，从一开始停在医院楼下，敲响对方车窗的时候就记住了。

是陈时肆。

陈时肆是换了条路从后面追上来的，算好了速度和角度，就这么硬生生地冲到了穆迟深前面，然后放缓速度等他慢慢撞上自己，再借着自己缓缓降速刹车的力量熄了穆迟深的火，最后撞上前面的山壁……不过终于是停了下来。

陈时肆从车上下来，额角湿漉漉的一片，视线都变得模糊，他踉跄着走到穆迟深的车边，听到穆迟深说："陈时肆，谢谢你。"

41.

穆迟深伤得不轻，膝盖上都磕出了血。

陈时肆更是。

可是两人自始至终都没有提到自己的伤。

一直到春潮路，他们从陈时肆抢来的车上下来，陈时肆说："你去吧，我疼得不行，我得去医院。”

穆迟深点了点头。陈时肆走的时候，穆迟深叫了他一声，可是终究什么都没有说出来。

穆双溪一开始就已经被送到了医院，可是，路冬夏还赖在旅店不肯走。

穆迟深来的时候，她才忍着药物带来的倦意跑出来。

“穆迟深！”她想扑进他的怀里，可是看到他一身狼狈遍体鳞伤的时候，所有的欣喜都被心疼代替了。

又哭了。

而穆迟深在看到路冬夏的这一刻才感觉到疲惫与疼痛，铺天盖地的疼痛从身体的各个角落袭来。

他有些艰难地走了两步，说：“路路，我有点疼，你自己过来。”

路冬夏是很缓慢地走过来的，眼泪已经铺了满脸，她小心翼翼地想抱抱他又不知道怎么伸手，说：“穆迟深，你哪里受伤了……”

穆迟深轻笑，一把把她拉进怀里，说：“血味儿有点重，你忍忍。”

路冬夏摇头。

穆迟深说：“路路，我来接你了。”

冬夏窝在他的怀里，说：“嗯，你来接我了。”

旅店外的马路上，陈时肆的车子没走多远又回来了，他靠着车椅，车窗半开，手无力地搭在方向盘上。

他可能没力气开车把自己送到医院了。

宋半南敲了敲车窗，顺着他的视线看着旅店门口的人，问：“我来开？”

陈时肆没说话，径直下了车，撑着车门去了后座。

宋半南叹气，从后视镜里看见他的脸，关了车窗，发动车子，问：“浑身是血，你到底伤哪儿呢？”

陈时肆没什么心情说话，闭着眼睛有些无力，问：“宋半南，你是心理医生吧。”

他说：“我伤心上了。”

暮冬时烤雪，迟夏写长信。
暖融融的屋子里信封铺得到处都是，可冬夏翻来覆去也就写了那么几个字——穆迟深，我好想你。

第十章
春迟

42.

路冬夏去医院看陈时肆的时候宋半南也在。

她若有所思地看着两人，等宋半南出去了才问：“怎么，又是你报复的一种手段？对人家侄女下手了？”

陈时肆觉得那一天没把自己给撞死，今天是要被路冬夏给气死了，他咬了咬牙，问：“穆迟深呢？”

路冬夏不乐意了：“你都不问我怎么样，问我……”她想说男朋友的，后来又觉得太油腻就改口了，“问穆迟深是什么意思？”

“就是你想的那个意思。”陈时肆不屑地瞥了她一眼，轻蔑地说，“可能那天喝酒喝出感情了，先想他，再想你。”

“？”路冬夏觉得自己不用客气了，“你比不上我的，你躺床上不省人事的这几天，我和他之间可是背着你偷偷进步，关系突飞猛进，你已经配不上我们了。”

“你！”陈时肆是真的要吐一口血了，“你是不是存心来气我的？”

“是的！”路冬夏说着说着就哭了，哭了又笑了，最后想打一打陈时肆又不敢打，“陈时肆，你吓死我了，你睡一天了不起来，你是不是想偷懒啊。”

路冬夏一哭，陈时肆就没办法了，再说话时声音又无奈又温柔，说：“路路，你别哭了，你一哭我就没办法。”

“那你刚刚一副很冷漠巨冷漠的表情，我怕你撞傻了才想刺激一下你的。”

“……”陈时肆又很冤了，“路路，我没冷漠。”

“有，不然我为什么哭？”路冬夏一问把陈时肆堵得无话可说。

我怎么知道你为什么哭，反正你就知道你一哭我就什么都会答应了……行吧，可真行！陈时肆妥协，说：“路路，我刚刚故意冷漠呢，也想刺激刺激你来着。”

承认了吧！路冬夏心满意足，可是心里所有对陈时肆的担心，以及看到陈时肆熟悉的表情时的开心都是不言而喻的。

路冬夏忽然一本正经：“十四四，你没事真的是太好了。”

十四四……路冬夏小时候老喜欢这么叫他，他头疼，心里却说不出来的感觉，二十几岁的人脸差点红了。他哼了两声，闷闷地问："穆迟深是不是把你宠坏了，越长越小，都倒着长了。"

路冬夏早就擦干了泪，眼睛还是亮亮的水盈盈的，脸皮特别厚："是的。"又说，"你想吃苹果吗，我给你削一个？"

陈时肆再一次无话可说，这会儿张了张嘴，看着她跑来跑去，最后安安静静地搬了凳子坐在他旁边。

他半天才问："路路，他对你好吧？"

"好啊。"尽管路冬夏削得很认真，可是别人恨不得能用皮雕个花出来，她削下来的皮都是一块一块的。

她说："可好了，特别好。"

陈时肆笑了笑："那就好。"又说，"要是不好你就告诉我。"

"告诉你？"路冬夏抬眼看了他一眼，带着点一言难尽的嫌弃，"告诉你怎样？"

"告诉我，我就……"把你抢过来，我来对你好。陈时肆看着路冬夏扑闪的睫毛，心头软软的，这句话却始终没有说出来。

他说："我就虐虐他，狠狠地虐他。"

穆迟深痊愈得要比陈时肆早点，这会儿还在处理穆延卿那边的事。

方羡问："那件事还要查下去吗？"

"查。"穆迟深毫不犹豫，他从来都不是会屈服于什么威胁的人，哪怕是要弄死他，他也只会越挫越勇，毕竟端了他们比日后他们随时可以威胁到他这件事来得直接多了。

况且，他是医生，一想到十七年前那件事害了多少人，他心里始终是过不去的。

穆双溪情况也稳定了许多，不过正在住院，身体上和心理上都得接受治疗。所以宋半南来找他的时候，穆迟深并不奇怪，毕竟她一直都是穆双溪的心理医生。

可是她不是来谈穆双溪的。宋半南看了一眼方羡，方羡很无奈地耸耸肩，然后自觉地退了出去。

宋半南走到窗边，说："学长，好久没联系了。"

"寒暄的事情就省了吧。"穆迟深知道她不是来说这个的，想起了什么先说了句，"路冬夏的事，谢谢你。"

宋半南笑了一声："你不应该替路冬夏谢我吧，至少我以为你会先替穆双溪谢我。"

穆迟深愣了一下，才意识到路冬夏不知道什么时候就成了这么理所当然的存在，属于他的存在。

宋半南将他的表情尽收眼底："学长，你现在可真容易看懂，你以前可不是这样子的。"完了笑得意味深长，接着说，"以前跟学姐谈恋爱的时候，才不是这样子的。那个时候你又酷又冷，完全猜不透；而现在你看起来毫无防备，动不动就真情流露了。"

"以前是以前，现在是现在。"穆迟深声音没什么起伏。

宋半南玩味，点头："以前的未婚妻比不上现在的女朋友，我懂。"

穆迟深似乎并不想谈论这个话题了，生硬地截断："有什么事直接说吧。"

宋半南叹了口气，似乎是准备了一会儿，才仔仔细细地看着穆迟深，说："路冬夏被带到春潮路那个旅店的时候，有一个人比你们先去看过。"

穆迟深正翻着手里的东西："你说。"

"路冬夏的爸爸，路毋庸。"

路毋庸……穆迟深忽然沉默了，满室只剩空气游动的声音，诡异得令人不安。

"穆迟深，你应该早就想到了吧。"宋半南敲着窗棂，坐在窗台上看着楼下散步的病人，一个没多大的女孩子坐在轮椅上，前面是比她还要小的小男孩，手里拿着一块透明的板子。女孩子动作僵硬而又别扭地点着什么，宋半南仔细看了，才看见板子上面是一些拼音字母，他们在对话。那女孩子没办法说话。

宋半南回过头，穆迟深站在那里，依旧在看桌上的文件。她思索了一下刚刚自己准备说什么来着，然后笑："路冬夏的家庭背景，还有自从你们在一起后就遇到的麻烦。"

方羡那么厉害，你怎么会不知道？她说："穆迟深，很明显，他爸爸不想你们在一起，可是以你的条件和背景，为什么会拒绝呢？"所以，"穆迟深，你到底知不知道路冬夏家里是干什么的？"

43.

方羡记得之前听陈时肆说过，他说，我们路路家是拆迁大队的，指不定就把你们家酒吧给铲平了。

那时候方羡知道是唬人呢，可是像路冬夏这样的一个女孩子，方羡怎么也没有想过要去查她，所以穆迟深真不知道也不奇怪，倒是那个叫宋半南的女孩子，有点问题还有点可怕。

方羡在隔壁办公室把宋半南和穆迟深的话听得一清二楚，他发誓一开始只是为了帮路冬夏监视穆迟深来着，毕竟孤男寡女的，宋半南一声学长叫得又是别有韵味，他自然要多事了。

可是现在，太多事了。

如果真的像他想的那样怎么办？

路冬夏的家庭背景，还有路冬夏出现的时机，以及宋半南说的他们在一起后遇到的各种麻烦……

真的是八九不离十了。

方羡正思考得带劲，穆迟深不知道什么时候已经进来了，信号接收器被扔在桌子上的声响吓得他差点跳起来。他先定了定自己的神，又仔细地看了穆迟深的表情，并没有什么异样，于是帮忙开导：“我觉得没那么悬，路冬夏这个小姑娘挺好的，可能就是纯巧合，况且十八年前的事呢，那时候路冬夏还没我脚底板大呢，他们家估计也干不了什么事。”

穆迟深知道，他相信路冬夏，至于宋半南的话，如果事实真是那样的话他也无法改变什么，能做的只有一件事。不过，现在……

“方羡。”穆迟深似乎根本就没听他讲了什么，“我得把我爸弄出来，他病犯了，撑不了多久。”

“老毛病？”方羡虽然很不待见自己的这个姐夫，但是他身体不好这件事多多少少还是知道的。

显而易见的问题，穆迟深没回，又说：“还有，他在里面认罪了，沈晚跟他说了之前的事，估计是不想再添麻烦了，觉得这样省事。”

“小子……”方羡喃喃，有些愣，认罪了也就是定罪了吧！他为什么可以说得这么云淡风轻？至少在此之前，他以为有了路冬夏之后，穆迟深会渐渐地放下那些过去，最起码该有的喜怒哀乐还是有的。可是好像就那天，路冬夏出事的时候他才在穆迟深脸上见到过久违的情绪。而现在还是老样子，天大地大的事都在穆迟深心底没有人看见的地方挣扎，而别人能看到的永远是穆迟深的镇定冷静。

方羡忽然有点想念以前那个很混账喜欢乱来还动不动给他添麻烦的穆迟深了，他说：“行，你爸交给我。路冬夏那边的事，你好好处理。”

虽然方羡的确觉得穆延卿认罪对穆迟深来说是好事，可是照穆迟深的性格，他不会让他爸背锅，也不会放过那些人。可是不管怎样，穆迟深要做什么，方羡始终是支持的。

陈时肆从医院回家后，路冬夏也被路毋庸带回了家。

是真的带回家，不让住校，去学校也是有司机接送，甚至都不让路冬夏单独出去。

路冬夏觉得大概是上次的绑架事件给她爸吓着了，所以恨不得在身边配保安 24 小时贴身照顾，而且这次力度特别大。冬夏好几次想偷偷溜出去找穆迟深都被拦住了。

路毋庸最近倒是越发忙碌了，经常不在家。保安一脸为难地说，路先生花了不少钱请他们来，为的就是不让她乱跑……怎么都不能为了一己私欲让人家丢了工作吧！话是这么说，主要是这么一来冬夏还真不敢一个人乱跑。

后来左思右想，又只剩陈时肆能帮她了。

……

陈时肆这会儿正躺在后园那边晒太阳呢，懒洋洋的跟老年瘫痪患者一样。路冬夏站在阳台边给他打电话，问："最近都没见到你，原来你都这么闲啊？"

"忙着呢。"

"忙什么……"冬夏忽然觉得，最近她爸爸忙，穆迟深也忙，就连陈时肆这样向来游手好闲的人都开始说忙了，就只剩她，有一种被全世界排除在外的感觉。

那边陈时肆沉默了一会儿，路冬夏也没办法看到他的表情，心里隐隐不安，问：“陈时肆，你们是不是有什么事瞒着我啊。”

陈时肆抬头，眼底青黑色的一片，在路冬夏的角度看起来他的确是一副享尽阳光的样子，可是，他微不可察地叹了一口气，说：“哪有，谁敢有事瞒你？”

“那为什么我爸不回家也不让我出去了？”路冬夏声音缓缓，“陈时肆，我好歹名校高材生，不傻。我爸这样，就是把我关在家里，限制我的行踪对不对？”

“路路，叔叔他……”陈时肆忽然觉得阳光有点刺眼。

路冬夏那边用很认真的语气说：“陈十四，你说，我听着呢。”

路冬夏又安静又乖巧的时候往往就是很认真的时候了，陈时肆似乎能想到她眉眼盈盈的样子，满是祈求。

陈时肆张了张嘴，说：“路路，晚上我带你出去吃饭吧，到时候告诉你。”

那就是真有事瞒着她了？这样的话为什么要等到晚上，冬夏不明白，可是也觉得陈时肆可能是需要时间来准备怎么和她说这件事。

可是她也知道，电视里演的很多事情都是因为这样一口一个flag，到最后根本就达不到预想中的结局了。

结果路冬夏真的没有等到晚上，天快黑的时候陈时肆过来接她，脸上满是焦急，她这才看清陈时肆苍白疲惫的神色，路冬夏没来得及问，陈时肆说：“路路，跟我去医院。”

路毋庸的手被人砍了。

路冬夏坐在车上，颤抖着手给穆迟深打电话。

穆延卿出来没几天心脏病就犯了，这会儿刚从急救室里出来，算是脱离了生命危险，穆迟深站在病房门口，看着走廊尽头逐渐消失的光，接通电话："路路，告诉我在哪儿，我来找你。"

他们去的不是省附属医院，车在一家私人医院门口停下来，陈时肆带着路冬夏直奔手术室。陈叔叔就站在手术室门口，一向挺拔的身影如今竟然佝偻了几分，他回过身满眼心疼："路路。"

冬夏已经满脸泪了，她问："陈叔叔，为什么？"

是谁？为什么要砍我爸爸的手？

"路路。"陈时肆觉得自己仿佛是窒息般的难受，手轻轻搭上她的肩，"路路，别难受，路叔叔会没事的。"

路冬夏头抵着他的肩膀："为什么啊，十四？"

这种事只有黑社会才做得出来吧，可是如果是以前黑社会的人，我爸不是早就洗手不干了吗？这样的话只有一种可能……路冬夏知道的，他爸爸那个组织，如果退会，是得交出一样东西作抵押的。当年她爸爸为了从里面出来，答应过此生与他们再无瓜葛的。而如今路毋庸一定是有什么事情必须求助于他们，所以只有一种可能了，当时路毋庸是拿自己双手立的誓，而现在……

路冬夏似乎想到什么，又不敢想。

陈时肆轻轻拍着她的背：“路路，别乱想。”

穆迟深来的时候路冬夏坐在手术室外面的凳子上，冬夏看着他在灯光下清晰了又模糊了的身影，眼泪一下子就流了出来。

她没来得及走过去，手术室的门就开了，医生出来，说送来得及时，手已经接上了，没什么生命危险，只是双手可能就没以前方便了而已。

冬夏松了口气，可心里有块石头始终没法落地。

她回过身去看穆迟深，他正认真地看着自己，眉头皱成川字，站在那里等她过去。

冬夏犹豫了一下，咬着下唇先跟着护士一起到了病房。

穆迟深在外面，路毋庸躺在床上，陈时肆和陈叔叔在医生那边说什么。而路冬夏坐在床边，看着路毋庸日渐苍老的脸，忽然觉得，她已经很久没有好好看过路毋庸了。

“爸爸……”路冬夏喃喃，用被子盖住路毋庸刚刚被接好还缠着厚实的纱布的手，就是这么一瞬间，她看见路毋庸手臂上的文身，忽然想起什么。尽管文身已经被洗得很淡了，可是她隐约还记得它以前的样子，和那一天绑她和穆双溪那群人手上的文身是一样的……

为什么?

是路毋庸得罪了原来的人，他们绑架自己作为要挟？还是路毋庸为了什么事，又回到那个组织?

冬夏想不明白。

冬夏出去的时候，穆迟深正环着手靠在走廊的窗边，月光和灯光映照着他的脸，画出明显的一道轮廓。

“路路。”穆迟深喊她。

路冬夏刚刚还觉得自己眼泪流完了已经不会再哭了，这会儿鼻子一酸，又觉得眼眶湿湿的。

她走过去，站在穆迟深面前，说：“穆迟深，我可以抱抱你吗？”

穆迟深叹一口气，伸手把她揽进怀里，语气无奈又温柔：“哭了多久了？”

“没多久。”冬夏声音闷闷，越说哭劲儿越大，“就看到你的时候才哭得厉害，其余时候都可坚强了。”

穆迟深觉得有什么敲在了他的心上。

他说：“路路，跟我走好不好？”

“……”

穆迟深推开一点，看着她哭红的眼睛，认真地说：“回去休息一下，明天再来？”

冬夏摇头，尽管已经困到混沌，可是不好。

穆迟深依旧看着她的眼睛：“乖一点。”

冬夏点头。

然后就不记得怎么回去的了，只记得自己似乎是睡着了，穆迟深打开车门将她抱下来，冬夏不依，说你背我。

穆迟深无奈。

路冬夏只记得那一晚的月光特别皎洁，照着一段路，像是一条银河。她趴在穆迟深的背上，说：“我好喜欢你……”

背着她的人身形一顿，柔软在心上漫开，可是背后的人却不知道是在梦里还是半梦半醒间。穆迟深笑笑，低低应道：“嗯。”

“很喜欢你。”

“嗯。”

“我喜欢你。”

“嗯。”

“很喜欢你。”

每走一步路，就听见她柔软的声音落在心上，穆迟深忽然觉得这条路是没有尽头的，就仿佛这份爱意也没有尽头。

每一声我喜欢你，都有温柔的回应，他说：“路路，我也爱你。”

可是连他自己都没有意识到，这句话，他始终是没有说出声音的。

44.

路毋庸大概已经没什么事了。

可是冬夏除了学校毕业必须去处理的事，就是在医院陪路毋庸了。关于文身的事她还是没有问出口，不管怎样，路毋庸都是她爸爸。

路毋庸快出院的那一天陈时肆也在，路冬夏进去的时候两双眼睛齐刷刷地落在自己身上。

路毋庸叫她：“路路。”

路冬夏有点不安的感觉，想去看陈时肆，用眼神沟通一下，他却别过眼看别处。果然，路毋庸说：“十四要出国了，你知道吗？”

路冬夏记得陈时肆跟她说过这件事，可是不是说冬天吗？偏偏陈时肆就是死活不看她，也不给她任何提示。

路毋庸又说：“我给你准备好了那边的学校，你跟十四一起吧。”

路冬夏有点惊讶，路毋庸以前不管是做什么事情，都是来问她要不要，而像这一次直接安排好了要求她做的事情似乎真从来没有过。冬夏拒绝：“我不去。”

路毋庸像是早就料到的样子，说：“怎么了，从小到大不是十四干什么你就要干什么吗，这会儿怎么不要了？”

“我要跟你在一起，你自己总是乱来不让人省心，虽然我暂时没法照顾你，可是我总要照顾你的。”路冬夏理直气壮。

路毋庸掩去眼底所有的情绪，笑：“路路长大了。”

陈时肆在旁边嘀咕：“说得跟你自己有多省心一样……”

路冬夏指着陈时肆，说：“爸，你看你还在这里，他就开始‘忤逆’我了，到时候异国他乡只剩我俩的时候他还得了？”

“请问路路女士，哪一次我俩一起的时候不是你在奴役我？”

路毋庸笑。陈时肆就任凭路冬夏颠倒是非批评他，一时间就好像那些压在心头的事都不是事了，一切都还是原来的样子，这样多好。

可是不管是陈时肆还是路毋庸，笑脸背后都是无尽的担忧。

路冬夏必须离开这个城市。

而穆迟深这边，他已经在四方有羡喝了一天的酒了。

就像很久很久以前，他妈妈去世的那个时候，他也是一言不发，就坐在最角落的那个位置，眼神毫无波澜地看着外面，杯中酒一杯跟着一杯见底。

方羡站在吧台，小未婚妻站在旁边偷看，担忧地问："他这样喝会不会死啊。"

"他有分寸。"方羡叹了口气，穆迟深到底是怎么想的呢?

暮色四合的时候，酒吧挂了暂停营业的招牌，方羡忽然想到很久之前，也是这个点，他把穆迟深从他姐姐的墓地带回来，然后这里坐着一个小姑娘，叫路冬夏。

那个时候他以为那个女孩子是穆迟深的救赎，可是现在看来，他有点后悔了，路冬夏是穆迟深的劫难和沉沦。

他走过去，站在穆迟深的旁边，问："现在怎么做？"

现在怎么办，宋半南怀疑得没错，当年给那家私人医院提供加工再使用的医疗器械的，就是路毋庸。

后来路毋庸借助黑社会的势力和一些人的帮助脱了身，算是逃过了一劫。再后来连方羡也有点诧异他的心大，路毋庸居然依旧做医疗器械回收的事情。

但是就方羡查到的，路毋庸还有一个身份，是某一家药厂的老板。

据说当年那家药厂是要倒闭了的，后来就被路毋庸接手了，不做大，却一直亏本运营，几乎是把在医疗器械回收厂的利润全投进去了。

方羡想不明白路毋庸为什么会做这样的事。

而穆迟深像是从来都知道的，听到这些的时候一点也不讶异，他说："有一种病，叫威尔逊病，不一定致死，靠药物维持的话患者跟正常人无异。但是因为国内患病人数特别少，所以制造这种药物的药厂都在一家一家停产。"

穆迟深自始至终声音都很平静，他说："路毋庸那一家大概是最后一家了。"

方羡有些没明白。

穆迟深又说："方羡，因为路路得的就是这个病。"

所以，路毋庸是为了路冬夏？当年倒卖不合格医疗器材也是因为需要大量的钱接手那家已经倒闭的药厂？

方羡说不出心里什么感受，他看着窗外。

路冬夏正从出租车上下来，一眼就看见他们这边，然后嘴角笑开，小跑着朝这边过来。

方羡看了眼穆迟深，大概连他自己都没有意识到，他的表情相比刚才忽然放松了许多。

穆迟深站起来，方羡问："那现在怎么办？"

穆迟深声音很轻："路毋庸始终都是要替自己做过的事赎罪的。"

他当年害的人不止穆迟深他们一家，那是一家妇产科医院，那么多的家庭，都不会再好了。

只希望那些罪孽，无论如何都不要落在路冬夏身上才好。

穆迟深忽然想起自己之前跟路冬夏说过一句话，他说我不信佛。而现在，就从这一刻吧，每时每刻都祈愿，我的路路，一直这么平安喜乐才好。

……

路冬夏进来的时候方羡已经整理好了自己的表情，调笑着走过去："又来捉奸呢？"

路冬夏有点不好意思，看着他身后的穆迟深，看完了又看了几眼，怎么这么好看呢。

她说："小舅妈给我电话呢，说他快把你们家喝穷了。"

"小舅妈……"方羡意味深长，"那你先叫声小舅舅。"

路冬夏脸红成一片跑过去，穆迟深在前面接住她，笑着抱住她。

方羡很自觉地拉着"小舅妈"走了，于是这么一个该有很多人聚在一起的地方就只剩他们两个人了。

路冬夏看了穆迟深半天，问："你是不是没睡好啊。"

穆迟深笑："怎么，想来我家陪我睡了吗？"

"……"冬夏本来想娇嗔含蓄一下，后来想一下自己小舅妈都叫了，“嗯，对，我等你召唤我呢。”

穆迟深笑，继续抱着她，问：“路路，你想嫁给我吗？”

忽如其来的问题差点让路冬夏红了眼眶，她压根没想到穆迟深能把这件事说得这么毫无防备又毫无情趣的，她小心翼翼问：“你在求婚吗？”问完又说，“穆迟深，虽然你挺突然的，我也觉得这个问题有点莫名其妙，而且我根本就没有准备好，也没哪个女孩子这么不含蓄，可是你问我的话，我下意识就说‘好’了。”因为是你，所以我答应。

可是穆迟深却没再说话，温柔的呼吸落在她的发丝上，然后沿着脸庞辗转到唇上……

路路，你想嫁给我吗？

如果我做了什么不对的事，你还想嫁给我吗？

45.

日子慢慢平静了下来，平静到路冬夏都有点好逸恶劳了，觉得全世界的幸福都砸在了她的身上。

她其实挺知足的，路毋庸每天按时回家，陈时肆依旧又野又浪，最重要的是和穆迟深这场恋爱谈得非常成功，很甜。

这样就很知足了！

只是那一晚之后，穆迟深跟失忆一样就不记得求婚的事情了，任凭冬夏怎么暗示他都不记得。冬夏后来想想可能穆迟深也就那么随口一说，不过反正也不急。

唯一很令人哀伤的就是，陈时肆出国的计划忽然就提前了许多，路毋庸还给路冬夏订了往返机票，说让路冬夏陪着陈时肆过去，顺便在那边玩几天。

路冬夏本来不愿意的，可是告诉穆迟深之后，他也就沉默了一会儿，说："去吧，就当毕业旅行了。"

路冬夏生气："你为什么不陪我，要是我和陈时肆在异国他乡孤男寡女因为无处排遣寂寞互相暗生情愫了怎么办？"

电视里不都这样吗，往往留学的人碰见了国人就必然得在一起互诉衷肠思念家乡，然后谈个恋爱。

穆迟深倒是一点也不在意，说："那我就去接你回来。"

回来？回哪儿来，回到你身边来吗？从穆迟深嘴里说出来的回来两个字让人特别有归属感，路冬夏说："那好的，那我就等你来接我啊。"

毕竟她也很懂事的，穆迟深最近医院的事也忙，穆双溪那边还在医院接受心理辅疗，还有听楚医生说，穆迟深的爸爸好像也生病了……她也想陪着穆迟深的，可是也得给他喘气的时间啊。

她说："那你要是想我了，就给我打电话吧。"

"嗯。"

送她回家的时候，路冬夏下车没多久又被叫住了，穆迟深喊她：

“路路。”

“啊。”

路冬夏转过身，一头栽进了穆迟深的怀里……

后来的路冬夏想，那个时候要是不那么贪图穆迟深怀里的温度，稍微抬头，会不会看见那双波澜不惊的眼睛里隐藏的巨大的不安，会不会稍微上心那么一点点？

她太不懂事了。

路冬夏走的那一天穆迟深没有来送他。陈时肆也不知道在想些什么，路冬夏喊了他好几声都没听见，后来她急了，胳膊肘捅了半天，说：“你是不是失恋了啊，所以这么急着赶到国外疗伤，还拉着我一起？”

陈时肆笑，与其说笑，也只是格外牵强地扯了扯嘴角：“是啊，路路，我好像就一直在失恋，很糟心。”

哎，那个时候路冬夏想的是陪陪自己因为失恋而心痛到窒息的朋友也没什么不对。

后来再想想，总觉得这种全世界都把她当傻子的感觉，也挺糟心的。

她总是被保护得太好了，像是活在象牙塔里的人，看见的都是纯白和美好，过得舒适而安逸。

她觉得不错，他们也觉得好，所以从来不担心她走出来会怎样，可是人总要长大，象牙塔不会一直在，温蒂也会离开彼得潘。

路冬夏接到穆迟深第一个电话的时候，这边是天色将晓的清晨，她睡眼蒙眬，说：“早上好。”想了想，又问，“穆迟深，你怎么还不睡？”

穆迟深在那边沉默了很久，路冬夏已经睡意全无了，听着穆迟深沉沉的嗓音：“路路，过两天我去接你回家好不好？”

她坐起来：“穆迟深，你是不是想我了。”

“是的。”穆迟深抬头，看着外面一片漆黑，说，“是的，路路，我很想你。”

穆迟深这样的人，有点无聊有点闷，好像从来没有这么直接地和她说过这种恋人之间的情话。

可是说出来的时候，简单的几个字却比任何百转千回的言语都要动人。

陈时肆早上的时候很早就出去了，说是有个朋友，得去见个面。

路冬夏想，陈时肆果然在哪里都是浪啊，才来几天就有朋友了？

可是到中午的时候，她才知道那个朋友是谁，宋半南。

宋半南是自己找到这里的，陈时肆不让她过来，就以为她没法过来？

路冬夏看了她好几眼，问：“陈时肆呢？”

宋半南毫不客气地进屋，回："买醉呢？"

为什么要买醉，难不成陈时肆失恋是因为宋半南？冬夏没来得及问出口，宋半南先笑了，她说："你先担心一下你自己。"

路冬夏真的很莫名其妙，虽然本身对宋半南不排斥，可是这会儿她有急事，她得订机票回国，所以也不想继续拉扯，说："你等陈时肆吧，我有事先走了。"

"回国？"宋半南问，"也是，火都烧到家门口了，你还能这么闲情逸致？是该回国了。"

"什么意思？"

宋半南意味深长地看着路冬夏，说："我就不喜欢你这种一脸单纯什么都不知道的样子，所以比起你，我还是觉得学姐更配穆迟深。"

路冬夏大概知道她是来干什么的了，就是不知道她是因为陈时肆还是因为穆迟深了。冬夏说："谁没有个前女友什么的啊，你觉得配不配是你的事，我的事是跟我喜欢的人谈恋爱，没必要在意你的意见，也没必要在意前女友什么的。"

"不是前女友哦，是未婚妻，都快结婚了，后来穆迟深被学姐抛弃了，穆迟深好像就是从那个时候开始变的，以前明朗阳光还挺坏的，现在……

"路冬夏，她是让穆迟深一夜长大的女人。"

冬夏觉得这种人十分可恶，过去的都过去了，有必要再提吗！

她没再理会，可是心里隐隐的不安，被自己给极力压下去了。

她从来都是这样，比任何人都会说服自己。

冬夏订的是下午的机票，陈时肆还没回，她就给留了张字条："陈时肆，我下次来找你玩啊。"

飞机落地的时候她忽然想起来，很久之前陈时肆说有一件事要跟她讲，至于是什么事，既然没讲，应该就不重要了吧。

穆迟深已经在家里待了两天了，以前还会去四方有羡买醉，而现在除了把自己关起来，哪里都不想去了。

接到方羡电话的时候，他正在犹豫要不要给路冬夏打电话，毕竟路毋庸可能已经出事了。但是他昨天试探过路冬夏，她似乎还不知情的样子。

所以这件事，究竟要怎么跟她说？说我查出了你爸爸做的坏事，把他交给警方了……他可能得在监狱过完下半生了？

明明前段时间路冬夏还得意扬扬跟他说，我可厉害了，到时候可得让我爸过上完美的下半生，报答他养出这么好的女儿。她还说，你也要谢谢他啊。

……

穆迟深很久才接起电话，方羡在那边声音很急："穆迟深，路毋庸跑了。"

穆迟深沉默不语，门铃忽然响起来，穆迟深看了一眼监控器，心里一沉，路冬夏站在门外，满身的风尘，嘴角笑意浅浅。她是赶回来的，为了他昨天那个电话。

穆迟深忽然不知道该怎么面对她了，他挂了电话，总是不忍心路冬夏一个人在外面的，况且她已经无处可去了。

穆迟深手搭上门把时觉得手心湿腻得难受，他想他可能是在害怕。所以打开门的那一瞬间，他都有些不敢去看路冬夏的眼睛。

路冬夏脸上还挂着笑意，问："穆迟深，你晚上给我打电话是不是睡不好啊，那我陪你好不好？"

这是约定。

路冬夏又说："你说你来接我，可是我觉得你忙，所以就自己回来啦，是不是很乖？"

"我觉得你太幸福啦，居然有这么懂事的女朋友，所以你要赶紧抓住她了。"路冬夏絮絮叨叨。

她承认开门的那一瞬间她看见穆迟深眼里的闪躲就开始不安了，宋半南的话忽然在耳边反反复复，一瞬间万千思绪涌上来。

——你是不是屋子里藏人了，我是不是打扰你了？你是不是，在等一个人，那个人不是我？

后来说出口的话就变成了这些。

最后是穆迟深把她搂进怀里，说："路路，让我抱会儿。"

那一晚，穆迟深没有睡。

路冬夏洗完澡是穿着穆迟深的睡衣出来的，她看见客厅里站着的人，月光照进来，他的背影孤独而又寂寥，他总是什么都不会跟她讲。

路冬夏走过去，从身后抱住他，很明显感觉到他身体一僵。少女柔软而香甜，穆迟深开口，声音低沉沙哑："路路。"

"穆迟深，对不起。"

"对不起"三个字像是利剑一样插在穆迟深的心上，他转过身，轻轻抱住她："没有对不起。"

"可是我回来了，你没有很高兴啊，所以我是不是……"

"不是……"穆迟深打断她，"路路，如果……"

"如果什么"他始终没有说出来，路冬夏眸光盈盈，接着他的话说："如果我想嫁给你，你会不会娶我啊。"

没等穆迟深回答，路冬夏踮起脚吻上了他的唇。

她很笨，什么都不会。穆迟深想推开的时候她却越抱越紧，眼泪都流出来了，在他唇边呢喃："穆迟深，我就是很喜欢你，比世界上任何一个人都要喜欢……"

怎么总是这么爱哭，穆迟深叹气，终究是反客为主了。

……

可是到最后穆迟深也没有碰她，他把她抱到床上，柔软的有着他全部味道的床，路冬夏咬牙抓住他，说："穆迟深，我不怕。"

穆迟深只是笑笑，声音格外沉哑：“路路，乖，睡觉吧。”

他拒绝了她。

可是为什么……路冬夏转过身缩成那么小的一块，眼泪全擦在了穆迟深的枕头上，好像也没问题啊，穆迟深从来都没有说过喜欢她啊。

没有吧，她开始一天一天地数，从遇见他的那一天开始，记忆走马观花，好像真的没有。

原来没有啊。

46.

路冬夏是第二天才知道全部事情的。

穆迟深不在家，找她的人她不认识，对方说自己叫沈晚，是穆迟深妈妈的学生。

冬夏不明白这层关系，可是她这辈子大概也不会忘记这个人，沈晚说：“路毋庸是你爸爸吧，他昨天晚上死了。”

路冬夏仿佛听到一道惊雷劈在自己的耳边，她哆嗦：“你是谁，我不认识你，你不要乱讲。”

“你爸爸坏事做多了，也算是死有余辜。”

冬夏始终是不相信的，眼前这个女人太温柔了，她每一个字都说得平静而不起波澜，根本让人没法相信……可是势在必得的眼神又让冬夏不得不相信。

沈晚笑笑，继续说："路毋庸十几年前为了给你治病，花了很大一笔钱，那笔钱来得不干净，卖的是反复回收利用的医疗器材。你知道当时那个医院有多少孕妇和新生儿吗？"

沈晚说："穆迟深的妈妈，还有穆双溪，还有……"

她优雅地颔首，顿了顿接着说："路冬夏，你活得很好，那么他们你有没有想过？就比如穆双溪。"

路冬夏张了张嘴，说不出话来，一时之间仿佛失去了所有的力气，一下子坐在地上。

沈晚淡淡地瞥了一眼："穆迟深一直在找当年的凶手，也就是你爸爸。你来了，他就找到了。"

"我爸爸怎么死的……"冬夏声音很哑，眼眶干涩得流不出一点泪，"抓起来就好了，为什么要死……"

"谁知道呢，也许是穆迟深逼的吧。"

……

沈晚走后，路冬夏在原地坐了很久，手机上有几个未接来电，有陈时肆的，还有一个，昨天凌晨两点，来自她爸爸的。

那个时候她在干什么呢？冬夏想不起来，她什么都想不起来了。

过了很久，久到仿佛这辈子就这么过完了，她才回过神来，手机是一直在响啊，陈十四的名字一直在屏幕上跳动。她准备接起来的时候，屏幕又重新暗了下去。

爸爸！

路冬夏忽然记起来什么事情，沈晚的话在脑海里反反复复，她不信啊！她怎么能相信！她拼命地按开机键，可是手机一直没反应。

为什么没电了，外面响起敲门的声音，然后是陈时肆的声音："路路！路冬夏！"

陈时肆来了？

路冬夏站起来才觉得腿酸麻得厉害，她踉跄着打开门，陈时肆还穿着那一天的衣服，满脸的沧桑。

他声音带着些哽咽："路路。"

路冬夏终于是忍不住哭了，她扑进陈时肆的怀里，紧紧地抓着他的袖子，喊："十四，我爸爸呢……她骗我的是不是啊……我爸爸做坏事了，所以她骗我对不对……"

路冬夏的眼泪仿佛滚烫的油，每一滴都落在陈时肆的心上，灼烧着他的身体。他开口，很久也只能说出几个字："路路，我们回家好不好。"

穆迟深回来的时候，路冬夏已经不在了。空气里还有属于她的味道，地板的一角放着一部手机，像是被遗弃的垃圾一样，静静地躺在那里。

那是路冬夏的。

他是今天凌晨五点的时候知道这个消息的，方羡电话打过来，说路毋庸出事了，逃跑的路上车子翻到了悬崖边上，现在人正在送往医院急救。

穆迟深没有叫醒路冬夏。

他赶到了医院，安排了最好的医生，可是人终究是没有救过来。

与此同时，穆延卿正在进行心脏第二次手术。

穆迟深忽然觉得自己很没用，他到最后谁都没有保护好。

而这一刻，他忽然无比后悔把路冬夏一个人放在那个房子里，如果她醒了找不到他该怎么办？如果她只希望他抱抱她怎么办？

他想，路路，你要等我回来，你等我回来好不好。

可是终究没有人等他，“沈晚”两个字在他手机屏幕上出现的那一刻他就想到了。

路冬夏不会等他了，这一次可能是真的完了。

穆迟深走过去捡起手机，坐在沙发上充了很久的电才打开，相册里还是只有那一张照片，是那一天，他抱着她时，他熟睡的脸。

47.

路冬夏病得很厉害，很长一段时间里都不愿意吃药，而她的病不用药物控制是会死的。

陈时肆每天都陪她坐在阳台上，他求她：“路路，吃药好不好？”

路冬夏摇头：“十四，我能活多久啊。”

“很久吧。”陈时肆说，“至少在我死之后，毕竟我比你大两岁呢，况且你以前不就说了吗，饭后走一走，活到九十九，你以前吃完饭老拉着我出去野，我估计我们得活好几十个九十九。”

路冬夏笑：“十四，可是他们都活不久呢……”比如穆双溪，比如穆双溪的妈妈。

陈时肆看着她，以前路冬夏不是这样的，命看得比谁都重要，笑起来特别好看；可是现在，那一天把她从穆迟深家里接出来之后她就这个样子，也不哭，也不闹，什么也不问，就总是一个人坐在阳台上发呆，看着外面的时候，很像在等一个人。

陈时肆觉得胸口可能在滴血，他说：“路路，你别笑了。”

“可我哭不出来。”

拳头狠狠地砸在地上，他大概是这辈子第一次用这个语气跟她说话：“路冬夏！你想死是不是！你就算死了，那些人会好起来吗！死了的人会活过来吗！你特么死了一了百了，那我呢！还有死去的路叔叔呢！他一辈子良心不安，为的就是你特么到最后替他赎罪的吗！”

路冬夏看着他，很久，久到陈时肆根本就不能维持自己的愤怒了，声音一瞬间降下来，他仿佛是捏着自己的心说的，他说：“路路，还有穆迟深……你舍得他吗？”

路冬夏终于是有了反应，眼睛渐渐红起来，说：“陈时肆，我不知道怎么办了，我不知道……”

路毋庸的死，怪不到穆迟深身上，那次断臂包括这次翻车，都是路毋庸以前组织里得罪过的人做的。本来已经断干净了，后来路毋庸为了阻止穆迟深又与他们有了瓜葛，如今路毋庸被抓，当年的事情他们也有参与，所以自然急着撇清，索性一不做二不休，骗路毋庸逃亡，又将他弄死……

路冬夏都听说了，她还听陈时肆说，那个黑手组织也被端了，所有人都被绳之以法，是方羡帮的忙。

他就是没说穆迟深，所以今天提到穆迟深的时候，路冬夏终于是忍不住了，她不怪他，可是他也没有来找她。

所以他一定是恨自己的吧。他不要她了……不对，他从来都没有要过吧。

陈时肆抱着她，听她渐渐平静的啜泣，眼睛不知道在看哪里，声音像是来自遥远的海岸线，他说：“路路，要不要嫁给我？”

很久很久，久到世界再也没有任何声音的时候，路冬夏说：“好啊。”

成了妻子就不会老想着年轻时爱过的人了，会一心一意爱自己身边的人。

总归，爱情会变成生活，生活变得喜悦，多好啊。

可是，对于陈时肆来说，想了那么久的答案，当她真的说出来的时候，陈时肆心里却跟剜开了一样难受。

他笑：“傻，还是那么傻，我骗你那么多次，你怎么还相信呢？”

千言万语化成一声叹息，他说：“路路，这一次我还是骗你的。”

“谢谢你啊，十四。”

路冬夏晕过去的前一秒，仿佛看见楼下停了一辆车，她很久很久以前也见过。那个时候他站在路灯下，身影颀长而挺拔，他说：不是想我了吗，过来给你看看。

穆迟深，我很想你呢。

……

冬天快来的时候，路冬夏的病情加重了许多。

陈时肆得带着她走以前路毋庸带她走过的路，路毋庸说在法国的一座城市，有一位医生，路路当年病得最厉害的时候，就是他治好的。

这是路冬夏第一次见异国的冬天，雪下得比家里要厚很多，也许也不是第一次，路毋庸说不定也带她来过，只是不记得了……

她和陈时肆住在一个很普通的小镇里，房子是陈时肆准备的，有巨大的阳台，隔着玻璃窗能看见很远很远的地方。

可是雪下得厚，很远很远的地方也是一片白色。

路冬夏就在这样的季节里，围着壁炉，盖一件毛毯，听一首歌。

她忽然想起很久很久以前穆迟深跟她说，他说：“路路，你不要走，我来接你。”

可是，穆迟深，那你什么时候才会来呢……

陈时肆从医生那里回来，满身的风雪瞬间融化成冰凉的水珠，他走过去，看着地上的人，问：“路路，吃药了吗？”

路冬夏点点头，看着外面很久，忽然问他：“十四，春天什么时候来啊。”

陈时肆随着她的视线望出去，回答：“快了吧。”

“那我能等到吗？”

“能的！”陈时肆陪她坐下来，“路路，我陪你一起等。”

谢谢你啊，冬夏笑笑，忽然觉得有点困了，张了张嘴没有声音，耳边还有谁淡淡的仿佛呓语的歌声。

歌里唱，暮冬时烤雪，迟夏写长信。

暖融融的屋子里信封铺得到处都是，可冬夏翻来覆去也就写了那么几个字——穆迟深，我好想你。

十是十，四是四，十四是十四。

番外一

如果把陈时肆比作一只动物的话。

路冬夏觉得，十几岁以前的陈时肆是一只又乖又甜的小奶狗，而十几岁以后，就是又野又浪的赤柴犬了。

小时候的陈十四喜欢黏在路冬夏后面，路路去哪儿他去哪儿，总之天上地下路路最大，路路说什么就是什么。

陈十四后来想起自己那段愚蠢的时光和信仰，总觉得路冬夏是个邪教。

路冬夏就很不乐意了，说这是证明自己很具备领导能力的证据，到时候可以借此统领我厂，我厂指的是她们家的医疗器械回收厂。

冬夏从小就是厂花，可神气了。

而陈十四就不行，太奶了，一看就是适合站在国旗下胸口戴花儿的学习标兵。

每次陈叔叔让她带十四玩儿的时候她都下意识拒绝，说十四这样又红又专的小学生跟她不合适，她不能耽误十四学习。

哪怕她那个时候还没陈十四高。哦不对，她一直都没有陈十四高，所以她当时还有个条件，说十四，你要是再长矮五厘米我就跟你玩。

谁稀罕的事情，可那个时候陈十四还真是稀罕得不得了，每天的牛奶都不喝了，跟缴税一样缴给路冬夏，说，路路，喝牛奶长高，你长快点。

路冬夏不喝，她说我们成年人是不喝奶的。

陈十四说，你长高了我就可以娶你了。

路冬夏害羞得不得了，电视里看来的恩爱情仇在脑海里上演了百八十遍。她红着脸瞪陈十四，你才几岁啊，你才不到十岁呢，十岁怎么就可以耍流氓了呢?

可是陈十四眼神又乖又纯洁，似乎还停留在路冬夏刚出生那会儿，他夸路路是老婆来着，压根不知道男孩子娶了一个女孩子是什么意思。

不过路冬夏可早熟了，她全部都知道。她小心翼翼地问：“你知道什么叫娶吗？”

陈十四想都没想，说："那样你就能跟我玩了。"

路冬夏觉得自己像在耍流氓。

小屁孩子，路冬夏不屑。可是后来呢。

路冬夏还记得开始接纳陈时肆是因为有一次玩捉迷藏，陈十四藏起来，她来找，后来自己跟别人玩忘了就回家了。结果第二天，陈叔叔一家人急得不得了，她才记起来。

所有后来有关春潮路，路冬夏印象最深的就是那几根水泥管，还有那个雾蒙蒙的清晨，蜷缩在里面又软又乖的陈十四。

像个小奶狗。

又乖又甜又好看，为什么不要啊？

然后，路冬夏就开始带陈时肆打江湖了，那个时候冬夏还是很厉害的，一代厂花，身份尊贵得不行。

恨不得能在那块废地上设个收费站，平时没事坐在那儿收收保护费，借以发家致富。

后来这个念头被打消了，春潮路来了更厉害的小霸主，路冬夏瞬间失去了她的地主之位。

而且还不肯认尿，有事没事过去挑衅，本来和谐的小区硬生生被路冬夏搅起一股硝烟味儿，搞得他们家和十四家从来没有评上过和谐文明先进住户。

而且，冬夏每次都是被按在地上摩擦的那一位，她谁都打不过，只能灰头土脸地抱着膝盖蹲在水泥管里偷偷抹眼泪。

那个时候她爸爸忙，十四爸爸也忙，两人基本算留守儿童。所以有时候可以在外面蹲一天。每次都是陈十四拿着面包和牛奶来找她，看她狼吞虎咽，然后问，你为什么要去惹他们啊?

路冬夏和着泪吞完一口面包，又硬气得不得了，说，看他们不顺眼了呗。

可事实上，七八岁的路冬夏哪有那么牛啊，因为他们老是欺负十四，说他是女孩子，还街头巷尾传着唱——十是十，四是四，十四是十四，四十是四十，谁把十四说四十，照着屁股打十四。

念就算了，还真打。

十四又乖，每次就被一群小孩子围着任他们胡作非为，不还口也不还手。

可是冬夏看着就难受，很气。

再后来呢?

冬夏都不记得了，只知道有一次自己挡在了陈十四前面，对着面前比她高出两个头的人破口大骂，说："你们不准再欺负十四了，有本事打我啊！"

他们真有本事，稍微用点力气反手就把路冬夏给扯到一边摔在地上了。路冬夏爬起来再骂，说："十四就是十四，陈时肆！没有四十！"

哦，他们说四十是陈十四妈妈在外面跟别的男人生的野孩子，叫四十。

路冬夏就狠狠地瞪他们，再摔，再爬起来，她想，反正他们打不死我，我就烦死他们。

后来好像真把人家给弄烦了，他们就走了。

陈十四过来拉她，说："路路，别哭了，我们回家。"

他还说，他们不敢再欺负你了。

可是路冬夏已经没有力气再动了，甚至没有知觉，小小的身子蜷在地上不断地抽搐。

那一晚好像是没有月亮的，路灯破碎的光照在地上，陈十四背着她一路狂奔的身影在地上拉长了又变短，长长短短。

那是路冬夏第二次被她爸爸带到国外去看病，一去就是两个月。

再回来的时候，陈十四就变了，春潮路也变了。那群孩子真不敢再欺负她，看着她的样子就跟后宫嫔妃们见了皇后娘娘一样。

冬夏莫名觉得酷，而且陈十四还真敢带她坐在那块空地收保护费。

冬夏问，十四你是不是给他们下迷药了？

陈时肆笑，是啊，所以你要不要嫁给我让我保护你，我可厉害呢！

冬夏这一次觉得陈时肆真在耍流氓了。

可是她永远不会知道那两个月里的陈时肆，到底是什么样子的。

后来的后来，陈时肆再问起这个问题的时候，忽然想起那个时候路冬夏一本正经对他说的话，她说，陈时肆，你知道娶了一个女孩子，就是一生一世了。这一生你只能爱她，你要对她好，心里想着她，念着她，你爱她，就像爱你的眼睛。

路路，我知道的，我爱你，这一生只爱你，我会对你好，心里想着你，念着你。你知道这个世界上有千万种情谊，每一种都不及我爱你。

所以，我的路路，你愿意嫁给我吗？

假如未曾与你相遇

番外二

如果那一天，陈时肆没有约路冬夏在春潮路见面，那么路冬夏就不会遇见穆迟深了。

穆迟深接到方羡电话的时候差不多刚下班，对方约他见个面，说是有点事情要讲。

穆迟深想都不用想就知道是什么事，亏得方羡老是自称情场高手，结果连这么点小问题都弄得莫名其妙。

穆迟深挺无奈的。

两人就近约了对面咖啡馆，玻璃门被推开的时候穆迟深顿了一下，方羡有些奇怪地问他："干什么，想跑？"

穆迟深摇头，伸手碰了碰自己额角，好像被撞了一下的感觉。

他四下看了看，心里顿时有点空空的。

结果方羡还真是那点傻事，明明挺聪明的，这会儿他谈恋爱就容易被冲昏头脑，成了一个无法思考的毛头小子。

穆迟深想自己这辈子大概就没法儿成为这种人。

后来穆迟深是一个人出的咖啡馆，他站在十字路口，一时之间有点混沌，不知道该往哪边走了。

于是就沿着医院侧边那条路，一条巷子连通着两个世界，一边是车水马龙，一边是寻常巷陌。他就这么一路走着，偶尔有叫卖的小商贩，或是骑自行车路过的人；偶尔两个小饭馆已经关了门，像是很久都没有营业的样子。

拐弯的时候，注意到两个神色诡异的路人，穆迟深不知道怎么就多看了两眼，刚刚在咖啡店门口巨大的失落感又一次袭来。

究竟是有什么问题呢，他想了很久也想不明白，只记得最近警察说这一块经常有拐卖人口的案子，就给自己当警察的朋友打了电话。

可是空洞还在。

就好像……错过了什么。

这种感觉一直持续到穆迟深去面馆给穆双溪买面的那一天。

那是今年第一次下雪，灰蒙蒙的天空落下来的雪花好像都是灰蒙蒙的。他推了门出来，深呼一口气。

最近琐事还挺多的，那些乱七八糟的情绪可以适可而止了。

他调整了一下情绪，长腿阔步走出去。

车子停在医院后街，白天和晚上有所不同，一些推车卖水果的小贩都出来了。他皱眉穿过人行道，快走完的时候，胳膊却被人抓住了。

他回过头，愣了一下。

小姑娘的眼睛和她手里的葡萄一样亮，她说："穆医生，我抓到你了！"

穆迟深喉咙微动，说："不好意思，我不认识你。"

"我叫路冬夏，因为我是春天生的。"路冬夏笑嘻嘻。

她已经在这里守好几天了，为了路毋庸的生意每一天都坐在面馆听八卦，还真打听了不少。穆医生，穆迟深，院长儿子，神经科医生，有洁癖，还有一个喜欢吃面的生病的妹妹。

好像早该做的事没有做，于是就有很多时间潜伏在这里，一直到他出现，他一出现，整个世界又开始运转了。

路冬夏总有一种等了他很久很久的感觉，不过幸好，她还是抓住他了。

路冬夏说："刚刚在面馆我把汤给蹭你身上了，可脏了，你要是怪我呢，这是我的电话，你下次给我打电话，我帮你洗衣服呀。"

说完又说，“因为我今天可忙可忙了，没时间，所以就得等下次你给我打电话了！”

……

穆迟深似乎是愣了好久，久到原地就剩下他一个人，周围的时空开始旋转交错，然后渐渐归于平静。

他站在第一次遇见路冬夏的那个路口，一切恍然如梦。

路冬夏……

路冬夏……

所以我们两个，究竟是谁先找上的谁呢？

你知道吧，在遇见你之前，我好像一直都是在找着谁的，可我不知道在找谁。直到看到你的那一刻，我才确定，原来是你。

路冬夏，不管有没有假如，我总会遇到你的。因为不管什么时候，我总会被你找到。

所以，路路，我等得太久了，你要不要回来。

【暮冬时烤雪
迟夏写长信】

图书在版编目（CIP）数据

春迟 / 打伞的蘑菇著 . -- 上海 : 上海文化出版社 , 2017.9

ISBN 978-7-5535-0797-2

Ⅰ. ①春… Ⅱ. ①打… Ⅲ. ①长篇小说-中国-当代 Ⅳ. ① I247.5

中国版本图书馆 CIP 数据核字（2017）第 160750 号

责任编辑　蔡美凤

特约编辑　廖　妍

装帧设计　刘　艳　米　籽

封面绘制　苡米昔

印务监制　周仲智

责任校对　彭　佳

春迟

打伞的蘑菇　著

出　版　上海文化出版社

出　品　上海故事会文化传媒有限公司

（200020 上海市绍兴路 74 号　www.storychina.cn）

发　行　上海世纪出版股份有限公司发行中心

印　刷　长沙鸿发印务实业有限公司

开　本　880×1230　1/32　　印张　9.125

版　次　2017 年 9 月第 1 版　　印次　2017 年 9 月第 1 次印刷

书　号　ISBN 978-7-5535-0797-2/I·254

定　价　29.80 元

上海故事会文化传媒有限公司　出品（00664）www.storychina.cn

本书如有印装问题，请与印刷厂联系调换。联系电话：0731-82755298